金庸小說十談

楊興安 著

JPC

1988 年攝於明報金庸辦公室。

楊興安為浙江嘉興國際研討會講者。

《金庸逸事》發佈會與吳思遠導演及該書作者沈西城合照。

攝於金庸杭州別墅雲松書舍前。

攝於金庸杭州別墅內耕耘軒前。

在嘉興出席金庸小說國際研討會後暢遊水鄉風光。

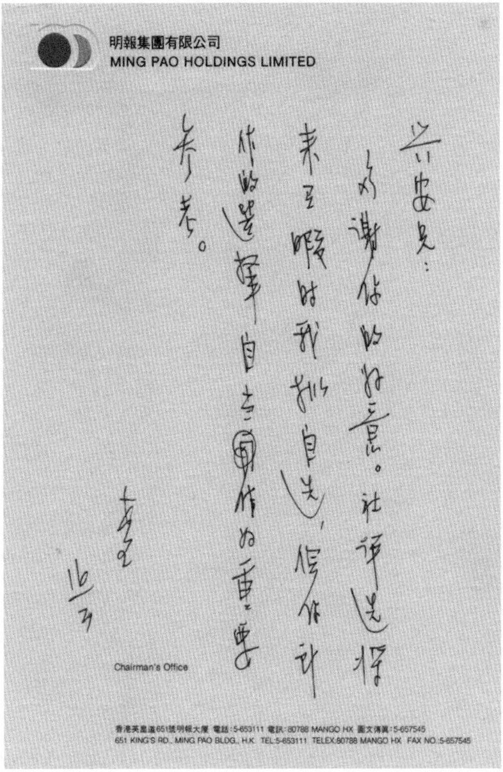
明報集團有限公司
MING PAO HOLDINGS LIMITED

興安兄：

多謝你的好意。社評選將來有暇時我擬自選，但你所作的選擇自當作為重要參考。

Chairman's Office

香港英皇道651號明報大廈 電話：5-653111 電訊：80788 MANGO HX 圖文傳真：5-657545
651 KING'S RD., MING PAO BLDG., H.K. TEL:5-653111 TELEX:80788 MANGO HX FAX NO.:5-657545

金庸寫給楊興安字條，說「社評選集」暫不出版。

內文：興安兄：多謝你的好意。社評選將來有暇時我擬自選，但你所作的選擇自當作為重要參考。

目錄

序言

新版序

紀念金庸誕生一百年

楊興安

《金庸小說十談》是本人撰寫的第二本談金庸小說的書，書名由金庸命名。

一九八八年金庸聘我為秘書，職位是「社長辦公室行政秘書」。我把書稿交給金庸，希望能在《明報》逐日刊登，請他過目，請他給我意見。誰知他讀後把原稿親手交還給我，輕聲說：「這本寫得很好，為什麼？」我打趣說：「可能讀書讀多了。」他聽後莞爾一笑，便步回自己的辦公室。我忙看他替我改了什麼，只見封面寫了「金庸小說十談」幾個字，內文一字不易。

在「十談」動筆之前，心中便有兩種想法，一是前書《金庸筆下世界》未有觸及的題材，這本書便要道及。其次是希望尚未讀過金庸小說的讀者，看到這本「十談」更會追讀金庸小說。所以內文不尚空談，題材觸及小說內容的，都把金庸小說原文引述，這樣讀者無論是否讀過原文，都會清楚明白。

當時《每日一字》的林佐瀚譽滿香江，同是金庸迷，約我在香港馬會酒郎會面。一見如故，暢談至日薄西山，慨允為本書寫序。此情至今猶歷歷在目，一幌三十餘年。佐瀚兄在回歸前謝世，今誦其文，猶感故人盛意，能不唏噓！

本書述及金庸寫作時運用影劇語言，別開生面，因在芸芸評述金庸的論著中，從沒有人由這個角度去評論。金庸曾做過電影導演，對電影和劇藝有深湛的修養。而筆者自幼喜愛影劇，在中學曾玩票踏上舞台，並曾上過電視台編劇訓練班，作過極短時期的職業編劇，也有多少電影和舞台劇知識，因而洞識金庸怎樣把劇藝手法，融鑄入小說中。

據知《金庸小說十談》除在台灣暢銷外，當年在香港前後最少行銷四版；在內地曾有簡字本出版；又被網絡文章選為二十世紀必讀百書之一，給我帶來驚喜，殊感光榮。

金庸一九二四年出生，二〇二四年剛好金庸誕生一百年，是個值得紀念的日子。回顧多年來，連後來寫的《金庸小說與文學》第三本撰作，當日銷情都不錯，但時日久遠，都差不多絕版了，因而拿出來再版，藉此紀念金庸大師。

香港三聯書店青眼有加，認為出版饒有意義，令本人如願以償，至為感謝。除故人林佐瀚兄外，又得南通文士嚴曉星兄賜序，增光篇幅，謹此對香港三聯書店及兩位仁兄致以衷心謝意。

楊興安

謹誌於二〇二三年初冬

嚴序

聽楊先生說金庸

嚴曉星

很多很多年以後，參加過北大舉辦的二〇〇〇年「金庸小說國際學術研討會」的人只要回想起開會的幾天，大概都不會忘記楊興安先生的發言。楊先生是發言者中唯一用了翻譯的人，不是將外語譯成漢語，而是將廣東話譯成普通話。那天在場的起碼有三個洋人（東洋西洋），可他們發言用的都是中文普通話。兩相對照，實在有趣得很，所以會場一片善意的笑聲。廣東話我聽不懂，可抑揚頓挫，很動聽。

兩年前，我曾在上海的《文學報》上讀過楊先生的訪問記，知道他是辛亥革命烈士楊衢雲的堂侄，先後做過金庸、李嘉誠的秘書。只是沒想到，有一天可以向他當面請教學問，可聲聲入耳，字字難解啊。楊先生像事先準備好似的，準備了一疊紙片專供筆談。我們就這樣口手並用，磕磕碰碰地交流著。說真的，不盡興。

回港後，楊先生寄贈一本他的著作《金庸小說十談》，雖說是近十萬字的小冊子，但一口氣讀完，卻深感分量不輕。

首先是緊扣文本、內容紮實。近年來，針對「紅學」成了「曹學」，紅學界有「回到文本」的呼聲。金庸研究的興起雖說為時不長，也已經出現了脫離文本、空話連篇的傾向了。比如有人談金庸為什麼選用一些圖章配在相應的小說中，一篇幾千字可以解決的事，寫了二十萬字。而《金庸小說十談》卻緊緊圍繞金庸小說，從「天下惡人」、「高人抑鬱」、「命運」等十個方面，或解讀內涵、或闡發妙處、或作分析比較、或指出不足，無一字不扣住文本，無一字不篤實厚重。讀而有所得，得而有所悟，可謂難能可貴。

其次是見解精微，妙處迭出。關於《天龍八部》裏阿朱、阿紫的命運和他們與蕭峰的關係，楊先生提出一個著名的觀點：朱紫相奪。了解中國文化的人看到這裏都會為金庸的才智叫絕，更會為楊先生的慧眼叫絕了。還有書中關於小說修訂得失的探討、運用影劇手法的分析，話說得那麼深、那麼透、那麼細緻，沒有豐厚的學養是說不出來的。我還相信，楊先生既與金庸有過密切接觸，那麼在字裏行間讀到的東西，一定比我們這些一般讀者為多。想到這裏，不禁有些豔羨了。

第三是文風醇正，明白曉暢。楊先生古文功底很深，運用起白話同樣圓通自如，毫無滯礙。這是本具有學術價值的書，措辭上卻毫無學究氣。只要對金庸小說有興趣，便人人可讀。以手頭這本書看來，已經印到四版了，受歡迎程度可見一斑。想來文字之可讀其中也居功不少吧？再想想，曾與楊先生面對面，卻沒能盡興地聽他說金庸，現在不是一大補償麼？

「文如其人，人如其文」這句話，用在楊先生身上似乎非常適合。錢鍾書先生說自己的《談藝錄》「雖賞析之作，而實憂患之書也」。學問做到高的境界，理性基礎上便有個性的雲彩縱橫。楊先生一邊聊著金庸，一邊便流露自己的風采笑貌、琴心劍膽。我接觸的香港知識分子不多，但不難想像如楊先生這樣兼具溫潤儒雅與書生意氣的人並不常見。不是說其他類型的就不好，只是我覺得，在香港那麼一個地方，這樣的讀書人才格外親切。

林 序

玲瓏開眼張君寶　神照隨心任我行

林佐瀚

我和楊興安兄論交是起於金庸小說。數年前，楊興安寫了本《金庸筆下世界》，我拜讀之後覺得他運筆圓熟，用辭精簡，而見解獨到，便很冒昧地去信稱賞。幸蒙他回函約敘，便在香港賽馬會餐廳談了整整的一個下午。我遠想不到這位措辭練達的作家，竟是這麼年輕！

我本身是個金庸小說迷。遠在五十年代，我已追讀金庸在報章的小說，而他的十四部作品，我真算是每本都複看十次以上。有一次，因倪匡兄說《鹿鼎記》是金庸最佳的小說，為此，我重看了《鹿鼎記》四次。我早年執教鞭，為了溝通師生的瞭解和減輕課堂嚴肅的氣氛，第一課我必問學生有否看金庸小說，藉此啟發學生對文學的興趣。遠在五十年代，我已斷定日後研究金庸小說，將有如研究《水滸傳》一樣成風。

在這裏加插一段趣事。我心儀金庸先生已久，惜未識荊。有一晚，黃霑請客晚宴，金庸赴約，倪匡也在座。我在金庸左右傍座，藉此親近這位平素崇敬的偶像。金庸是位精縝細思的人，但談吐方面，木訥寡言。我對他說我是他的仰慕者，他的每部小說我都重看細看。倪匡聞言，便扶醉過來考我對金庸小說的認識。他問我記否《碧血劍》中石樑五老的名字。我幸醉中還有三分醒，說出溫氏五老的名字是溫方達、溫方義、溫方山、溫方施、溫方悟。在我回答的時候，金庸只是微笑不語，倪匡跟著解釋何以溫氏五老取此名字，原來他和金庸先生都是寧波人，而「達」、「義」、「山」、「施」、「悟」在寧波話便是「大」、「二」、「三」、「四」、「五」的諧音。斯時我還想起在金華遭金蛇郎君所殺的還有溫方祿，「祿」是諧「六」音。金庸筆下便是如斯暢順，如流水行雲，信手拈來便成妙著。

要知溫氏五老不過是書中的小角色，但寫小說為角色改名，是頗費腦力的。如斯等閒角色，都是隨手得之，遑論主角的名字如岳不群、任我行、向問天、東方不敗、楊過（字改之）、何足道、宋青書等。寫小說為主角起名立字是絕對不易，有好名字便增加小說的聲勢氣氛。金庸是箇中能手。聽說影視紅星苗可秀的藝名也是金庸改的，金庸的博學和善讀書、善用書，可見一斑。

時人評論金庸小說極多。倪匡兄用「詩品」方法來評書中主角人物，如上上品、中上品、下下品等，是一種極為吸引的評說。楊兄此作，卻是不同，是從好幾個角度來探討金庸小說。他採用漫談的寫法，禪說一般，讓讀者領略其中妙處，對我這些金庸迷來說，當然極度的共鳴。

楊兄之作，另闢途徑，從種種角度來評論金庸小說，有說「電影語言」，有談及「戰陣」，有「與古典小說」比擬，極為新穎有致。如說洪七公是濟公，該是融會貫通金庸作品方有此悟。說《天龍八部》的阿朱、阿紫而引出「朱紫相奪」，更是神來之筆。在談《鹿鼎記》韋小寶和康熙比高矮一幕，《鹿鼎記》中的頂尖兒英雄人物，顯然不是韋小寶，而是康熙皇帝。康熙只是淡淡說過：「我們一樣高矮」，這是何等胸襟，何等令人心折。《鹿鼎記》是明寫韋小寶，實寫康熙。

全書令我最欣賞的是〈苗人鳳英雄無淚——談金著影劇語言〉一章。聽說金庸在寫小說時，案上設有各種人物角色，如舞台指導的調動，其中要說的話，往往是最適當的時候，從最適當的人物角色說出，是以金庸的作品，戲劇性極為濃厚。香港影視界都常拍攝金庸小說，常覺拍攝出來的作品，也許因為製作的限制，往往遠不如原著。楊兄此章的仔細分析，實足為拍攝過程的參考借鏡。

〈莫大先生傷心瀟灑——說高人抑鬱〉一章寫得極好，引進木桑道人、無塵道長。特別是無塵道長，抑鬱而有豪氣，灑脫而落落寡歡。莫大先生孑然一身，浪跡江湖，如神龍不見首尾。他的「瀟湘夜雨」，哀而不傷，纏綿往復，有「高人抑鬱」的風格。金庸刪版有寫莫大先生胡琴一曲，以賀令狐沖和盈盈的婚禮。以筆者記憶所及，未改版時此段沒有，改寫版是將莫大先生起而復生，想金庸覺得莫大先生的「高人抑鬱」，不應與諸俗子武夫同死於左冷禪瞎子之手。但認為莫大先生頗欠他的師弟劉正風之風範，劉正風與魔教曲洋長老因《笑傲江湖》之曲譜而死，而劉正風說過莫大師兄的琴音，只是往哀傷的路子走，落了下乘。倒是的論。

至於楊兄論及金庸先生刪增改寫一章，我亦有同感。金庸未刪的小說，我珍如拱璧。刪增固然是更潤色美化，更合常理邏輯，但看小說有如天馬行空，才讓讀者大放眼界。如《倚天屠龍記》中冰火島的玉臉火猴，能裂熊取膽，何等驚心動魄！後來居住冰火島，倘無玉臉火猴，豈能輕易上火山取火種？張無忌以童稚之年，何以為伴？無玉臉火猴，眼盲的謝遜又豈可容易地在冰火島一度十餘年？火猴通靈，自補謝遜這方面的殘廢缺憾。而張翠山離開冰火島，有玉臉火猴相伴謝遜，便不見其寡情。刪去玉臉火猴，實是令人惋惜。

楊兄這書，是漫談金庸小說，極具隨筆本色。試想清風明月之夕，與一二三知己，漫談淺酌，各抒對金庸作品的見解，反映大千世界，的是人生一樂！

人生苦短，歡樂苦暫，冀讀者能共用這些雋永的歡樂！

草寫於澳門旅次

一九八六年十二月十一日

第一章　鳩摩智泥地成佛——談天下惡人

武俠小說人物，每有諢號，以增其聲勢，亦可表現其性格。金庸小說中，成名作《射鵰英雄傳》的東邪西毒、南帝北丐最膾炙人口。這四位獨當一面的人物，武功各擅勝場，是金庸筆下最成功的「套裝人物」。

東邪西毒　套裝人物

套裝人物是作者整體推出的幾個互相依傍、互相輝映的人物，無論「江南六怪」或「江南七怪」也都是套裝人物。金庸筆下小說，就出了不少套裝人物，而寫得最成功的套裝人物，是「射鵰」中的四大高手。金庸寫出了四種不同風格，各具造詣、各具藝術特色：東邪飄隱、西毒狠霸、南帝雍和、北丐雄猛。四種特色，亦是四種藝術意境。作者將這四種藝術意境，寄寓於四個人物性格和武功，再以之統御故事中氣韻來引人入勝，的是妙筆。自此而後，金庸對推出套裝人物，都樂此不疲。

作者以東為邪、西乃毒、丐坐北、帝鎮南而中則神通，五個方位，代表五種人物，別饒取味，別有心思[1]。五人之中，身在中央者力蓋四方，隱而稱王，又隱然而逝，餘下則即成對峙之局，設計上已見匠心。四人之中，東西二人，一邪一毒，分屬反面人物；南北兩人則屬正面人物，正反互為補足。東邪飄隱，不可捉摸；西毒蠻橫、霸氣逼人，造意相輔。又南者為帝，北者為丐；一乃人間至尊至榮，另一則人間至卑至賤，恰恰相反，可見作者用心之巧。而巧意匠心之中，又翻上一翻，將至享榮華富貴者，由帝而成僧，使之朝為帝，暮而成一勘破十丈紅塵、心緒枯槁的老僧；而將至卑至微的乞丐，一演而成身居首要，身領天下眾丐，具至高榮譽權位、九五至尊的人物。這種構思，不知是苦思而得，抑或是順手拈來，妙手偶得之作？但無論如何，構思之妙，反反正正，相輔相成，實歎為觀止！

四人之中，令人最為景仰的，只是洪七公一人！東既邪、西既毒，四大高手中餘下南北二人了，該是正面人物吧？不過南帝拖泥帶水，著了袈裟又放不下凡心，勘不破嗔愛。而洪七公嫉惡如仇，正義不阿，常玩世不恭，比較瀟灑。洪七公令親者敬愛，讎者敬畏，這究竟是個什麼人物？

洪七公原來是個和尚！

洪七公明明是個叫化頭兒，怎會是個大和尚呢？只要我們看看七公的德性：第一是法力無

1　原來東邪西毒四大高人，金庸是據五行觀念而設。東方屬木，色青，故黃藥師穿青袍，取名藥師，內帶木義；西方屬金，色白，故西毒名字有鋒，帶金，穿白袍；南方屬火，燈乃火，故名字為一燈大師；北屬水，洪七公洪字帶水。筆者當年仍未能參透其義，後來聽說金庸在一場合自道出來。

邊（武功高強）；第二是不拘形跡，通達逍遙；第三是樂意助人，遊戲人間，而衣衫襤褸；第四是老饕一名。這樣的人物，在中國民間婦孺皆知是誰了？——濟公和尚是也！濟公便是洪七公，洪七公便是濟公的化身，濟公、七公，連兩人的名字，也竟然這樣接近！

論金庸筆下英雄，以蕭峰為最，但蕭峰是金庸筆下的悲劇英雄，內心淒酸寂寞，而洪七公則是金庸筆下的喜劇英雄——玩世不恭，濟世為懷。這二人也是金庸筆下出色的套裝人物。唯悲蕭峰，喜七公兩大巨人，都是紙上人物。金庸筆下的英雄，論十四本巨著之中，還應添上有血有肉萬乘之尊的少年英主康熙皇帝。

金庸寫《鹿鼎記》，許多人都說他只不過成功地創造了奇人韋小寶。卻不知道金庸筆下的康熙，寫得更出色！神武溫厚，竟能集於一人之身。以性格而論，韋小寶瀟灑磊落，天縱英才；康熙人情練達，窮通世道，此兩人是金庸筆下，配襯得最天衣無縫的套裝人物。

試想沒有少年的康熙帝，怎配得韋小寶的縱放自如？沒有韋小寶，又怎容易顯得出康熙的神武英明？讀《鹿鼎記》而忽略康熙，是極大的損失。透過故事，我們可以看到康熙光芒人格。在金庸字裏行間，往往發現到康熙的處事俐落，神睿寬厚。他的氣度見識，有一種人間英雄的華采。他有一種感召力，渡人善識。可惜筆者淺薄，不敢月旦這位血肉英雄的歷史人物。讀《鹿鼎記》多以韋小寶為偶像，但不要忽略康熙。

金庸創造的套裝人物，最早見是「書劍」中的王維揚和張召重。所謂「寧碰閻王，莫碰老王。寧挨三槍，莫遇一張」，綠林中這句閒話，使兩人成了旗鼓相當的套裝人物。「射鵰」中除了四大絕頂高手外，南帝的弟子，漁樵耕讀又是另一套裝人物。《連城訣》中，有落花流水四人；落是陸天抒，花是花鐵幹，流是劉乘風，水是水岱，四人合稱南四奇。《俠客行》中套裝人物是賞罰二使。《倚天屠龍記》的套裝人物更多，明教中赫赫有名的左右逍遙二使，楊逍和范遙。尚有四大法王，紫白金青：紫衫龍王喀麗絲，白眉鷹王殷天正，金毛獅王謝遜和青翼蝠王韋一笑。還有殷野王家僕無福、無祿、無壽。趙明手下的神箭八雄：趙不傷、錢不敗、孫不毀、李不摧、周不輸、吳不破、鄭不滅、王不衰[2]。八個人的姓氏依著百家的趙錢孫李、周吳鄭王的次序排列，沒有一人是好名，幸而每個人名字中都有個不字，負負得正，也不致太壞。這和無福無祿無壽家僕三人的名字，可說前後呼應。此外，趙明（改版後稱趙敏）另有傭人是武功奇高的阿大、阿二、阿三，名字平凡，只以行序為列，但武功卻非同小可，是另一個厲害的套裝人物。又鶴筆翁和鹿杖客，恍似太白金星座下鹿鶴二童化身，又一套裝人物。

2　記憶中八雄名字是不傷、不敗、不毀、不摧、不輸、不破、不滅、不衰，現版改作一傷、二敗、三毀、四摧、五輸、六破、七滅、八衰。現命名比原來失色。

「天龍」之中，北喬峰、南慕容最易上口，且為全書故事主流骨幹，但名字取得最好的套裝人物是四大惡人的諢號：老大「惡貫滿盈」段延慶，惡字在頂；老二「無惡不作」葉二娘，惡字居次；老三「兇神惡煞」南海鱷神，惡字在三位；老四「窮凶極惡」雲中鶴，惡字排在末。作者選用四句成語，把「惡」字的次序排得恰如其分，亦別饒趣味。

此外，別具一色的套裝人物是三個髫齡少女，均以顏色為字，就是阿朱、阿碧、阿紫。朱碧互映，朱紫相奪（阿紫欲奪阿朱之夫）。《笑傲江湖》的套裝人物是梅莊四友，琴棋書畫：黃鐘公、黑白子、禿筆翁和丹青生。另一套裝人物卻是一而六的孿生兄弟桃谷六仙，就是桃根仙、桃幹仙、桃枝仙、桃葉仙、核花仙、桃實仙這六個寶貝兄弟，他們本來便是一株桃樹了！套裝人物，加強了故事的傳奇性和趣味性，無所謂是得是失。金庸到了《鹿鼎記》，反璞歸真，沒有創造什麼突出的套裝人物，神龍教的瘦胖兩尊者，只不過聊備一格罷了！。

膿包公子　惡人胡僧

牡丹雖好，也要有綠葉扶持，故事中有大仁大義的人物，也要有大奸大惡的反派人物，尚要有正邪之間、閒雲野鶴的枝葉人物，方見熱鬧活潑。胡鬧的人物是小說中不可缺少的活角。

這一類人物，以老頑童周伯通最街知巷聞。老頑童一詞，許多時候便成樂天風趣長者的諢號。被譽之者亦欣然竊喜。因為老頑童充滿活力，又實在可愛。

「射鵰」中老頑童，輕靈活潑、渾然天真，金庸捨不得「暴殄天物」，讓他在「神鵰」中一再出現，使書中增添活力不少。「神鵰」之後，作者還是捨不得老頑童的角色，決定讓他重出湖，而且把那胡鬧的性格也誇大了。但同時，也帶著嬉謔筆觸，寫出人性的弱點，便是好諛愛媚的一面，甚而坦然自誇，面不改容，於是，塑造了由一而六的桃谷六仙。他們兄弟六人，凡事夾纏不清，自有一套。這是他們造成無數笑話的原因。他們自有一套審評標準，往往要既成事實，來遷就他們的觀點，常常弄到啼笑皆非。這六人到楊再興的廟，竟有一番妙論：

只聽五怪愈爭愈烈，終於有一人道：「咱們進去瞧瞧，到底這廟供的是什麼臭菩薩。」五人一湧而進。一人大聲叫了起來：「啊哈，你瞧，這裏不明明寫著『楊公再興之神』，這當然是楊再興了。」說話的是桃枝仙。

桃幹仙搔了搔頭，說道：「這裏寫的是『楊公再』，又不是『楊再興』。原來這個楊將軍姓楊，名字叫公再。唔，楊公再，楊公再，好名字啊，好名字。」桃枝仙大怒，大聲道：「這明明是楊再興，你胡說八道，怎麼叫做楊公再？」桃幹仙道：「這裏寫的明明是

『楊公再』，可不是『楊再興』。」桃根仙道：「那麼『興之神』三個字是什麼意思？」桃葉仙道：「興，就是高興，興之神，是精神很高興的意思。楊公再這姓楊的小子，死了有人供他，精神當然很高興了。」桃幹仙道：「很是，很是。」

桃枝仙怒道：「是楊再興，怎麼是楊七郎了？」桃幹仙也怒道：「是楊公再，又怎麼是楊七郎了？」桃花仙道：「三哥，楊再興排行第幾？」桃枝仙搖頭道：「我不知道。」桃花仙道：「楊再興排行第七，是楊七郎。二哥，楊公再排行第幾？」桃幹仙道：「從前我知道的，現下忘了。」桃花仙道：「我倒記得，他排行也是第七，因此是楊七郎。」桃根仙道：「這神像倘若是楊再興，便不是楊公再；如果是楊公再，便不是楊再興。怎麼又是楊再興，又是楊公再？」桃葉仙道：「大哥你有所不知。這個『再』字，是什麼意思？『再』，便是再來一個之意，一定是兩個人而不是一個，因此既是楊公再，又是楊再興。」餘下四人都道：「此言有理。」

看了這段文字，才恍然何以由周伯通一人而變成桃谷六仙六人了。渾人要有人和他說話，才橫生妙趣。如果桃谷六仙只有一人，有誰來和他頂杠了？於是由一而六，由他們心意相通的六人互問互答，亦即是自問自答，而造成啼笑皆非的笑話。

在他們的笑話中，可見他們既是門外漢、一竅不通，卻偏偏愛充好漢無所不知，又要高人一等，別有見地來抬高自己。楊再興有廟供奉，也要說成他是「小子」。他們自尊自大，而結論是可笑無稽的，卻又自奉為圭臬。社會中就是有不少這類人物，所以讀者在淺笑中極易產生共鳴。然而桃谷六仙始終是喜劇人物，他們都是心懷坦蕩、天真無邪的，除了口舌意氣之爭外，總沒有耍奸詐欺人的手段，也是極受歡迎的原因。

很奇怪金庸筆下，許多能耐之輩的老人，都是最愛旁人奉承阿諛的人物。黑木崖的任我行愛聽好話，愛人奉承；神龍教主洪安通也愛諛詞。其實他們都是威震四方，獨當一面的人物。本事既大、輩分又尊，照事論事，頌揚之聲，日中難免，何以仍未有甘飽之時？偏偏還仍愛受人家稱頌，樂此不疲？此輩的表表者，以丁春秋至其極。丁春秋乃邪惡之尤，他的化功大法，使人聞名膽喪，正邪人士，無不驚心走避。宵小之徒，自然高揚功德，可他還不心滿意足，要徒眾大張旗鼓，諛聲震天才滿意。

另一類有趣人物，不愛歌諛，卻好別具己見，還加上倔強的性格。他們便是「倚天」中的布袋和尚說不得，「天龍」中的趙錢孫和包不同。包不同果然不同，每事總別有見地，又多被他說得通。不過，最後一次便不同了，因為不同主子慕容復的意見，當胸吃了一掌，結束了不同的人生。

人論金庸創造人物，寫壞人比寫好人好，不知是否說對了。不過可知世上好人難做，好人亦難寫。好人只有一個「好人」的模樣，壞人的壞法則多姿多采。壞人中有大奸大惡，有小奸小惡；有陰險偽善，有自大輕浮；有由正入邪，亦有由邪入正，亦有忽邪忽正。林林總總，繽紛多姿，所以驟眼看來，壞人便「可觀」得多！

真替英俊的公子爺不值，金庸筆下的英俊小子，雖不至全是壞人，但英雄者少，浮誇者多。見到英俊人物出場，往往擔心他不過膿包一名，往往又不幸而言中。此中最著名的，先有「射鵰」中的歐陽公子，後有「天龍」中的慕容公子，還有《連城訣》中有鈴劍雙俠的汪嘯風汪公子。金庸筆下固不乏膿包公子，尚見林平之林公子、游坦之游公子、宋青書宋公子、吳應熊吳公子、鄭克塽鄭公子，連阿紫的大師兄摘星子，每個人都是相貌俊雅的佳公子，偏偏沒有一個是正路有成的人物。他們都不是大惡人，讀者對之，多有輕視，少有憎惡。但大惡人中也不乏面如冠玉的人，計有《飛狐外傳》中相貌俊雅、心懷叵測的田歸農；《碧血劍》裏淫邪自大、望之儼然的玉真子；《笑傲江湖》中溫文爾雅、文質彬彬的岳不群；尚有「神鵰」中年齡四十五六，面目英俊，舉止瀟灑的絕情谷主公孫止。

論天下惡人大概可分為三類：

第一類是強橫霸道的人物。「書劍」中有張召重，《碧血劍》中有溫氏五老，「射鵰」中有歐陽鋒，《飛狐外傳》中有鳳天南，「天龍」中有四大惡人和丁春秋，《笑傲江湖》中有左冷禪和任我行，《鹿鼎記》中有馮錫範。他們都具唯我獨尊的性格，都是銳不可當。大抵都是遇魔降魔、見佛殺佛的冷峻人物。雖然一出場便生事，但多有宗匠氣度。

第二類是陰險毒辣之徒。有得不償失的東方不敗、殺師害徒的成昆、假死挑撥的慕容博、窺伺友妻的田歸農，還有居於桃源仍不能清心寡欲的公孫止。這一干人都是手段毒辣，人不害我，我亦害人之輩。他們的刻毒，是意氣的，是處心積慮的，必要置對方死地而後快，其可恨亦如此。

第三類是偽善藏奸。偽善者在「倚天」中有朱長齡，《飛狐外傳》中有湯沛，「天龍」中有全冠清、白世鏡。當中的表表者自然是偽君子岳不群。這些人物，在他們本來面目未被揭開之前，大都博得別人好感敬重，但假面具被撕破後，便為人所不齒，眾叛親離，得不償失，連以往千辛萬苦營造的形象也賠上了。好比賭博中，連勝多場，卻在最後一役中，連老本也賠光了，得失之別，如斯之巨，也實是最淒慘。

在眾多惡人之中，以誰最可恨呢？

算最可恨的人，和找最可愛的人一樣難，除了個人主觀因素不同之外，大抵凡事到了「極」、「最」的境界，便難以判別。許多人口中，多以歐陽鋒為惡人代表（其中原因是他「出道」算早）。遇上歐陽鋒要倒楣了，然則遇上丁春秋又好過？遇到馮錫範難纏了，換上左冷禪又好鬥乎？要算誰是大惡人，真是難以下筆。

不過既然正面找不到答案，可從反面著手：中國人的傳統信念，是善有善報，惡有惡報。那一個人下場最慘，便是最大的惡人了！

筆者以為，下場寫得最慘的，是岳不群和公孫止。因為所有惡人之中，損失最大的便是此二人。他們不但賠上性命，而且在臨死之前，數十年來的處心積慮，在快要得到目標前的一剎那，都化成泡影，眾叛親離，妻離子（女）散，家破人亡，老天對他們的懲罰最重。他們二人原都是才藝出眾、不失家道、矯矯不群的人物，且早已贏得好名聲，得人敬重。在他們自己生活的小圈子中，又尊貴無比。然而他們慾壑難填，人心不足，心腸狠毒。為求目的而不擇手段。他們對別人陰險，豈料對至愛親人，也欺詐絕情。尤其公孫止，親手害妻殺女，比岳不群更甚。諸尤之中，應以此君為最！

公孫止應是金庸筆下，最惡毒人物，但未必是最大惡人，在楊過對頭之中，金輪法王便比公孫止難應付。有人認為：最難以應付的人，才是最大惡人。

在金庸筆下諸惡之中，最難應付而又最兇悍，恐怕是毫不起眼、少人注意的血刀老祖這個胡僧了。血刀老祖現身於《連城訣》，他的徒弟寶象大師，已經橫行霸道。血刀老祖，更是冤鬼難纏。

血刀老祖一踏足中原，已害了幾十條人命，在長江兩岸，做了不少天理難容的大案。打從血刀老祖現身救狄雲開始，便現出他的凶蠻霸道性格。

血刀老祖哈哈大笑，血刀出鞘，直一下，橫一下，登時將那漢切成四截，喝道：「我要瞧瞧新娘子，是給你們臉子，有什麼大驚小怪的。」……

……血刀僧呸的一聲，一口痰往她身上吐去，說道：「這樣醜的女子，做什麼新娘！」血刀一幌，竟將新娘的鼻子割了下來。那新郎僵在馬上，只是瑟瑟發抖……說著手一揚，血刀脫手飛出，一溜紅光，逕向馬上的新郎射去。他的血刀脫手，隨即縱馬前衝，快馬繞過新郎，飛身躍起，長臂探手，將血刀抄在手中，又穩穩的坐上了馬鞍。那新郎胸口穿了一洞，血如噴泉，身子慢慢垂下，倒撞下馬。原來那血刀穿過他身子，又給血刀僧接在手裏……

……

水笙大驚，叫道：「喂，你要幹什麼？」血刀僧笑道：「你倒猜猜看。」其實水笙早就知道，他是要殺了白馬來吃。這白馬和她一起長大，一向就如是最好的朋友一般，忙叫：

「不！不！這是我的馬，你不能殺。」血刀僧道：「吃完了白馬，便要吃你了。老子人肉也吃，為什麼不能吃馬！」

……水笙又叫道：「求求你，別殺我的馬兒。」血刀僧笑道：「好，我不殺你的馬兒！」水笙大喜，道：「謝謝你！謝謝你！」忽聽得嗤地一聲輕響，血刀僧狂笑聲中，馬頭已落，鮮血急噴。……

血刀老祖兇悍淫邪，機智殘忍，而武藝高強，言而無信。他擄了水笙做人質，便不懷好意；他一路逃走，便一路顯出他的本事。五里之內，有多少人追他，他只側耳一聽，便一清二楚。給人追得緊了，更不打話，揮動血刀，不是把人頭顱整個劈下，便是把人攔腰劈斷，或斬成幾段；天下如囊中之物，予取予攜。他的血刀精利，武功奇詭，在途中於狄雲和水笙面前表演功夫，歎為神絕。

血刀僧兇狠霸道，濫殺無辜，視人命如草芥又輕言寡諾，罔顧道義。最後身處險境，竟然打算連頗具青眼的「徒孫」也想吃了。血刀老祖的可怖不單止心狠手辣，而是再加上他的智慧奇高，罕有敵手。當時中原四大高手追殺他，結果他以一人之力，運用智謀，殺死南四奇中三人，餘下花鐵幹一人，也要向他跪地求饒，醜態百出。他的個性本領，一至於斯，幸好糊裏糊塗的給狄雲踢死，否則縱橫江湖，民無噍類。

金庸筆下最難鬥的人物，其實是胡僧。

「射鵰」中令正派最頭痛的人物是歐陽鋒，歐陽鋒是西域白駝山（大雪山）人士，乃西域胡人，跟著的《神鵰俠侶》，楊過的大對頭不是公孫止，而是霍都王子和金輪法王，也是胡人胡僧。金輪法王之強悍多智，實在是一大勁敵，他的威脅性比歐陽鋒強了不知多少倍。《鹿鼎記》中，韋小寶素稱足智多謀，但他在誰人面前縛手縛腳呢？原來是是西藏大活佛座下大護法桑結。金庸筆下，最難應付的人物，似乎自成一系，都是胡僧！其中最難應付的棘手人物，應是「天龍」中吐蕃國師大輪明王鳩摩智。此人機智神勇，不急不躁，不慍不驕，實是個大大的勁敵。

鳩摩智一出場，謙和親切，寶相莊嚴，禮數十足，到天龍寺要取段氏之寶「六脈神劍」劍譜。實則氣焰滔天，兇悍無倫，視天下如無物。天龍寺於武學既有獨得之秘，又豈易於相與？於是天龍寺的六脈神劍，便與大輪寺的火焰刀會戰一場，結果鳩摩智逼得枯榮大師將劍譜自行毀去，免落敵手。誰料鳩摩智頑強到底，扣了活圖譜段譽，代替原有圖譜，一於將他在故人墓前焚了。由此所見，鳩摩智之難鬥如斯，兇悍亦如斯。

鳩摩智本是吐蕃國護國法王，地位在一人之下，萬人之上，大智大慧，精通佛法。每隔五年西域天竺各地高僧，都雲集他的大輪寺，聽他開壇講經說法，研討內典，無不讚歎而去。他既然是這樣一位有道之士，武功又強，但想不到這樣蠻橫無理，一意孤行，蔑視眾生，原來他才是一位最難應付的可怖人物。

在「天龍」整個故事中，大輪明王鳩摩智，有意無意的避過兩次敗多勝少的考驗，置身事外，是他極聰明的地方。一是聾啞老人蘇星河擺下珍瓏之局，他袖手旁觀，並不入局，得免失儀之羞；另一是游坦之率眾在少林寺前胡鬧，與丁春秋、慕容復血戰蕭峰、段譽、虛竹三人一役，也置身事外，得保令名。試想以當時三雄氣勢之盛，鳩摩智無論修為怎樣，也難逃敗績。但話雖如此，鳩摩智絕非一個韜光養晦、神光內斂的人，他覷準機會，算準敵我，竟想憑一人之力，挑倒中原武林北斗的少林寺。鳩摩智在少林寺前現身，頗表現有超凡入聖境界。

> 突然外面一個清朗的聲音遠遠傳來，說道：「天竺大德、中土高僧，相聚少林寺講論武功，實乃盛事。小僧能否有緣做個不速之客，在旁恭聆雙方高見麼？」一字一句，清清楚楚的送入了各人耳中。聲音來自山門之外，入耳如此清晰，卻又中正平和，並不震人耳鼓，說話者內功之高之純，可想而知；而他身在遠處，卻又如何得知殿中情景？
>
> ……玄鳴、玄石二人躬身道：「是！」剛轉過身來，待要出殿，門外那人已道：「迎

接是不敢當。今日得會高賢，實是不勝之喜。」他每說一句，聲音便近了數丈，剛說完「之喜」兩個字，大殿門口已出現了一位寶相莊嚴的中年僧人，雙手合十，面露微笑……

鳩摩智當年出現，儼然有道之士。溫厚和平，又顯出無邊法力，令人有崇敬親愛之心。焉知一轉瞬間，這種深藏渾厚法力，竟是難人傷人的孽障，鳩摩智在眾僧面前演示大金剛拳、般若掌法、摩訶指法，使玄慈仰天長歎，玄生心灰若死。大殿上鴉雀無聲，均為神功懾伏。鳩摩智威風佔盡，理應收好，誰知竟然說：

小僧不過想請方丈應承一句，以便遍告天下武林同道。以小僧之見，少林寺不妨從此散了，諸位高僧分投清涼、普渡諸處寺院托庇安身，各奔前程，豈非勝在浪得虛名的少林寺中苟且偷安？

以一個這樣修為深厚的人，竟抱著這樣的欺人狂妄之心，誰也不能否認他是個最難應付的敵人。鳩摩智有備而來，穩操勝券，揮灑自如，教人難以抗拒，懾伏崇敬。但他的本相卻非這樣，在非常時刻，便露出兇殘猙獰的本來面目。

> 鳩摩智突然縱身大叫，若狼嗥，若牛鳴，聲音可怖之極，伸手便向慕容復抓來……慕容復側身避開。鳩摩智跟著也轉過身來，月光照到他臉上，只見他雙目通紅，眉毛直豎，滿臉都是暴戾之色，但神氣雖然兇猛，卻也無法遮掩流露在臉上的惶怖。
>
> ……鳩摩智荷荷呼喚，平素雍容自若的神情已蕩然無存。……

鳩摩智為了吐蕃國王子可以做西夏駙馬，佈置人在靈州道上，打走一干競爭貴族王子、江湖豪客。慕容復也遠道前來，志在必得。於是鳩摩智只好親自出馬，怎料偏在這個時候，內息奔騰鼓蕩，無法宣洩，苦不堪言，因而靈相盡失，渾不似平日那寶相莊嚴聖僧模樣，而狼霸之心，盡現皮相之上。

但是鳩摩智何以仍得為一代國師、非凡人物呢？卻原來他武功散亂之時，誤跌井底，眼見要畢命於枯井之中，斯時頂壓巨石，口含爛泥，回想自己佛學武功，智計才略，莫不雄長西域，登壇說話之時，高焚檀香，舌燦蓮花，冠冕當時，而今死若泥狗，端的悲恨交替，心智失錯，竟要扼死段譽。豈知段譽因有神功在身，將他數十年的修為盡悉吸去，暈在一旁。鳩摩智終於在生死關頭，走了一轉。醒來後發覺數十年來修為毀於一旦，傷心若死。然他原是大智大慧之人，回想數十年來所作所為，向善之心日淡，強霸之心日盛，岸高自慢，無慚無愧，方得此劫，成廢人一個。此念一生，不啻醍醐灌頂，當頭棒喝，終於大徹大悟，專志於弘揚佛法，廣譯經文，渡人無數而真的成了一代高僧。

觀之金庸筆下胡僧，亦盡非壞人。凡涉及武談者，莫不推崇達摩老祖，而達摩亦一胡僧。可見作者對胡僧實無偏見，「神鵰」中一燈師弟天竺僧便修練到超凡入聖境界。大抵世人認為披了袈裟，著了道袍（如《碧血劍》之玉真子），便應遁身世外，與人無爭。偏偏此中卻多俊彥之士，如鳩摩智之流，每多忘卻渡人之旨而求自大自勝。又胡人之故，更添隔閡，是以有胡人可怕之錯覺。而鳩摩智能在神功盡失，萬念俱灰之餘，靈光一閃，擺脫唯我獨尊的孽障，以渡人為務。一旦放下武刀，便立地成佛，受萬世景仰。千方百計所求，原來一念之仁，便如掬手取水之易。

第二章　莫大先生傷心瀟灑——說高人抑鬱

金庸筆下「名人」之多，套用一句電影宣傳術語——多如天上明星。在芸芸人物之中，會有一個問題：就是會問自己最喜歡的是哪一位人物？問題只是一個，但肯定有無數的答案。而這一個簡單的問題又帶來了兩條不同的思路：一是誰是自己最想取代的人物，另一是誰是自己最想接近的人物？

最喜歡的人物，固然因人而異，但卻仍有一定的因素影響：如果讀者是年輕人，他們即使喜歡武藝超群之士，說什麼也不會選上張三丰、洪七公、黃藥師這一類武林耆宿。他們所選的，一定是少年英雄，諸如郭靖、張無忌、令狐沖一輩。女孩子呢？則在一群嬌娥中找尋影子；活潑的選黃蓉，嫻靜的選程英，失意落寞的選可憐可愛、情深無奈的公孫綠蕚。另一些人則選周伯通、韋小寶，亦有人選胡一刀、謝遜，甚而左冷禪、歐陽鋒。總之，大部分讀者都不會脫離自己的投影。然而，可知在金庸讀者之中令最多男士暗暗欲取而代之的人物，卻是一個武功只不過中上，全不像武林中人，優柔富厚的人物——段正淳。

國弟之尊　寄身草莽

段正淳並不可愛，而卻得人羨慕，羨慕他什麼？不是他的武功淳和，鎮耀天南，更不是他的榮華富貴，國弟之尊；他最惹人豔羨的，是他的風流本色，豔福無邊！少年讀者也許未有這種看法，但曾與筆者交談的中年人士，十八不離九，對段皇爺每不自覺流露欣羨之色。想少年讀者也有步入中年的一天，段皇爺倜儻風流，一樣也會挑起他們的遐思。所以說段正淳是最多人欲取而代之的人物，相信也不為太過。

段正淳是一個優柔富厚的人物，卻喜歡過閒雲野鶴、草莽之士的生活。是愛下江南的乾隆帝，再加上三分光明左使、中年熱戀的楊逍這一類型人物，楊逍只有一個紀曉芙，段正淳除卻妻子之外，尚有情婦王夫人、秦紅棉、阮星竹、甘寶寶和馬夫人。有趣的是她們都是一個模子燒出來的人物，多情、爽快、執著、辛辣，而且她都只會為段皇爺產下女兒，不會誕男嬰。段正淳的風流，是令人欣羨的，但卻要付出風流的代價，狐媚的馬夫人，便帶段正淳到鬼門關行了一趟。他們聚舊的一幕，既香豔，又詭秘淒厲，驚心動魄，如果搬上舞台演出，大保旺場：先是二人舊情復熾，打情罵俏，後來段正淳發覺墮入溫柔陷阱，仍不失本色，虛張聲勢，禦敵鎮定：

段正淳左手撐在炕邊，用力想站起身來，但身子剛挺直，雙膝酸軟，又即坐倒，笑道：「我也是沒半點力氣，真是奇怪了。我一見到你，便如耗子見了貓，全身都酸軟啦。」

馬夫人輕笑道：「我不依你，只喝了這一點兒，便裝醉哄人。你運運氣，使動內力，不就得了？」

段正淳調運內息，想提一口真氣，豈知丹田中空蕩蕩，便如無邊無際，什麼都捉摸不著……

馬夫人軟洋洋的道：「啊喲，我頭暈得緊，段郎，莫非……莫非這酒中，給你作了手腳麼？」段正淳本來疑心她在酒中下藥，聽她這麼說，對她的疑心登時消了……

段正淳搖了搖頭，打個手勢，用手指醮了些酒，在桌上寫道：「已中敵人毒計，力圖鎮靜。」說道：「現下我內力提上來啦，這幾杯毒酒，卻也迷不住我。」馬夫人在桌上寫道：「是真是假。」段正淳寫道：「不可示弱。」……

馬夫人臉現憂色，又在桌上寫道：「內力全失是真是假？」……

馬夫人笑道：「我可從來沒見過，你既內力未失，便使用一陽指在紙窗上戳個窟窿，好不好？」段正淳眉頭微蹙，連使眼色……

馬夫人嬌聲笑道：「我給你斟酒之時，嘻嘻，好像一個不小心，將一包毒藥掉入酒壺中……」

段正淳強笑道：「嗯，原來如此，那也沒什麼。」……

段正淳再會馬夫人一幕，最能表現出他的個性：風流本色不在話下，卻仍可見到他勇敢、機智和不失是非之心。可惜在風流自賞之餘，不知已落入人手。他懂得蘸酒在桌面寫字示警，誰知他想保護的人，正是想害他的人，逐步逐步，一一擅引使之自暴其短，結果使敵人疑慮盡去，手到擒來。最諷刺的是對方也依樣葫蘆，在桌上寫字，手裏一套，口裏一套，將計就計，天衣無縫。段正淳終於栽在婦人手裏，也是栽在自己性格弱點裏。

作者寫段正淳之好色而不使人厭，流美之處不在於情慾的描寫，而在於主人翁能令異性傾心的追求。段正淳以國弟之尊，夷地禮教之疏，何愁無後宮顏色？要赴溫柔之鄉，縱情慾之好，在他看來，不過揮袖之便，絲毫沒有值得追尋、值得珍惜的地方，而他所追求的是那些出類拔萃的女子，獻出無償的愛！

暫且拋開道德觀念不談，他的行徑對與不對，該與不該。可以肯定的，是段正淳確有過人之處。平凡的男子要得到平凡的女子青睞，真心相向，實在已不容易；不凡的男子，要得到不凡的女子青睞，也一樣不容易。除卻緣分之說，不凡女子眼界極高，每多傲岸，對之獻慇懃已不容易，何況令之委身相隨，終身不忘？由此可見，段皇爺確有過人處。

優柔富厚　無憾而終

人之相知，貴相知心。知己難求，古今公認，而紅顏知己又更難求，究竟紅袖添香，溫柔解語，不失人間勝境。段正淳享盡人間風流，枕盡解語嬌花，如何不令凡夫俗子豔羨？段正淳的成功，在求得紅顏知己，死而無憾；可憐的是，段正淳卻令對他傾心相愛，歡少愁多的美人一個個抱恨終生！

段正淳生命中的成功，倚伏了他的失敗；他的失敗，造就了他的成功！他就是這樣一個難下斷語的人物。以中國傳統道德觀念來看，段正淳絕非一個君子，甚而更是一名淫逸之徒。每以一己之逸樂，耽誤對方的一生。因為從他第一句向對方示好開始，他早已知道最後的結果。這種誤人的行為，絕非正人君子所為。但情之為物，亦絕非理性可度，誰料得他的情人，會為他的一句甘言而芳心欣喜，永不言悔；和他相處分秒須臾，都是生命中最足以珍惜，最冀望停著不溜的時光？誰又能說段正淳沒有給別人帶來快樂？

段正淳予人欣羨的地方是難得，但難得的並非都一定可貴；過人之處亦不一定是過人之長。情愛之中應該還有更高層次的追求，愛別人而不會替別人帶來悲劇，情意肯定比段皇爺高貴；渡己也渡人，才是真正的好漢。段正淳能渡己，但不能渡人。自己快樂，別人卻哀痛，所以他的品格，亦如他的武功一樣，至死亦未及第一流高手。不過在濁世之中，仍不失為一號人物，而成為濁世佳公子的偶像。

其實段正淳的遭逢，可羨而不可代。草屋一役，一敗塗地，偏偏這個時候，卻是群美環聚，這個風流公子尷尬可知，更不幸的是一個一個灑血死在身前而無能為力，這種磨折痛楚對一個以情愛為生的人，不啻凌遲割肉的極刑。福禍相倚，哀樂隨生，實則根緣早種。不過無論如何，以段正淳的氣質稟性而言，他在自刎以謝佳人的一剎那，能與五位均有白首之約、肌膚之親的紅顏知己死在一塊，也許應感到此生無憾了！

瀟湘夜雨　意鬱難伸

一個人本領大，阻力便小，做起事來易於得心應手，即使極艱難之事，他們卻往往一揮而就，或是閒話一句，便迎刃而解，在這等高人看來，世上沒什麼難事了。這樣，他們豈非成了世上最快樂的人？

在武俠世界中，武功的造詣最重要，武功高便是高人。但在金庸筆下世界中，苦愁孤寂之輩，卻多是此等高人。試看「射鵰」中天下五大高手，東邪、西毒、南帝、北丐、中神通。他們都是幾乎無往而不利的絕頂人物，但生活得愜意的卻沒有幾人；東邪有喪妻之痛，西毒有後繼之憂，南帝終生問心有愧，王重陽與林朝英有怨難之苦，快活的，原只有九指神丐洪七公一人。五大高手中，逍遙的只有一人，可見本領高強，未必與在人生旅途中的愜意成比例。

無往不利的人物，會哀痛終身，實非常人所料。逐一細察之下，又發覺作者寫黃藥師的創痛，比較上寫得最膚淺。黃藥師號東邪，性格特點應在一「邪」字。但黃藥師從出場與女兒相認，只覺其飄忽，只覺其高深莫測，只覺其率真任性，而全不覺其邪。便與其徒銅屍鐵屍比較，其徒邪氣更盛。曾猜想作者想寫黃藥師比其徒更邪十倍（約數），但始終寫不出來。還珠樓主的《蜀山劍俠傳》中的綠袍老祖師徒二人便比黃藥師邪。金庸後來寫的丁春秋游坦之師徒也比黃藥師邪。黃藥師只不過是一個任性的反禮教人物。作者所寫黃藥師痛恨仇視諸人的原因也極勉強，原來只不過是愛妻猝亡，而性情大變，躁暴異常。但充其量只不過蠻不講理，愛反其道而行之矣！從作者安排黃藥師婚前文才武學的修養看來，黃藥師性格竟因由喪妻而突變至斯，足見其生硬堆砌，勉強難信。金庸把黃藥師愈寫愈正，後來竟然從反派轉為正派，五大高手當中，反派只餘西毒一人，顯然與最初設計，有一大段距離。

金庸寫黃藥師雖然瑕瑜互見，但黃藥師在讀者心目中卻仍佔一席重要位置。主要原因有二：一在黃藥師由邪入正，讀者日生親近之心；另一是黃藥師武功高深莫測，難以捉摸，兼之徒眾出色，有宗匠風範，同時也寫出高人的寂寞淒苦，令人默默同情。

黃藥師是金庸筆下一類典型人物中的典型人物，他們都是武功高深，形如鬼魅，出場不多，如神龍之見首不見尾，每傲岸自高，亦正亦邪，都有一股唯我獨尊氣概，但卻又有苦難言，空虛無奈。這一類人物，「射鵰」中有黃藥師，「倚天」中有青翼蝠王韋一笑，「天龍」中有段延慶，《鹿鼎記》中有獨臂女尼，《笑傲江湖》中有莫大先生。

此輩原型胚胎，可算自《碧血劍》中木桑道人和「書劍」中的無塵道長。木桑苦於師門孽徒，演成驚心憾事；無塵道長則苦於婚騙，鬱恨出塵，此二人都是孑然一身的一流高手，武功凌厲飄忽，憾事亦一帶即過，在書中只站在次要位置，卻已鋒芒畢露，比諸其餘大家毫不遜色。到了「射鵰」，黃藥師出現了，在藝高傷心方面，有較深入的描寫，金庸把這種形像，寫得脫穎而出，塑造了個獨當一面的典型人物。後來的韋一笑、延慶太子等等，都脫離不了黃藥師的影子。且先讀下文：

靜虛心知此人膽敢如此，定然大有來頭……

……只見那身穿青條袍子的男子已在數丈之外，正自飛步疾奔，靜虛卻被他橫抱在雙臂之中……

……他似乎有意炫耀功力，竟不遠走，便繞著眾人急兜圈子。滅絕師太連刺數劍，始終刺不到他身上……

那人哈哈長笑，說道：「六大門派圍剿光明頂，只怕沒這麼容易罷！」說著向北疾馳。他初時和滅絕師太追逐時腳下塵沙不驚，這時卻踢得黃沙飛揚，一路滾滾而北，聲勢威猛，宛如一條數十丈的大黃龍，登時將他背影遮住了……

……但見靜虛臉如黃蠟，喉頭有個傷口，已然氣絕。傷口血肉模糊，卻齒痕宛然，竟是給那怪人咬死的。眾女弟子都大哭起來。

這是作者對青翼蝠王出場的描寫，寫得殘忍狠毒而又極具氣勢。但韋一笑的形象，卻是抽象之極，除了說他穿青條袍子之外，更無一筆一墨勾勒其形象，而駸駸然一流高手風範，卻能深印讀者腦中。讓我們再看看另一黃藥師型的人物：

（木婉清）悄立江邊，思湧如潮，突然眼角瞥處，見數十丈外一塊岩石上坐得有人。只是這人始終一動不動，身上又穿著青袍，與青岩同色……心道：「多半是個死屍。」

……好奇心起，快步走過去察看。見這青袍人是個老者，長鬚垂胸，根根漆黑，一雙眼睛大大的，望著江心，一眨眼也不眨眼。

……那聲音道：「我也不知道我是不是我。唉！」直到最後這聲長歎，才流露了他心中充滿著悶鬱之情。

上文是段延慶的出場，沒有氣勢，卻極詭異，也流露出抑鬱。段延慶自詡活死人，之所以意興闌珊，乃在於終身有無窮之憾。此人愛穿青袍，心境武功，和黃藥師最為接近。

忽見崖後又轉出一人，他（歐陽克）立時收勢，瞧那人時，見他身材高瘦，穿一件青色直綴，頭戴方巾，是個文士模樣，面貌卻看不清楚。

最奇的是那人走路絕無半點聲息，以梅超風那般高強武功，行路尚不免有沙沙微聲，而此人毫不著意的緩緩走來，身形飄忽，有如鬼魅，竟似行雲駕霧、足不沾地般無聲無息……

歐陽克細看他的臉相，不覺打了個寒噤，但見他容貌怪異之極，除了兩顆眼珠微微轉動之外，一張臉孔竟與死人無異，完全木然不動，說他醜怪也並不醜怪，只是冷到了極處、呆到了極處，令人一見之下，不寒而慄。

最初現身的黃藥師，詭異中高深莫測，不發言已有一股懾人氣勢，凜不可犯。三人都是愛穿青袍，武功高強，心境鬱苦，都是最後由邪入正的人物。三人之中，以黃藥師寫得最為飄忽最為高傲，亦最有氣派。

黃藥師之後的韋一笑和段延慶，愈見下乘。以為此輩高人不可再，孰料《笑傲江湖》中，金庸為讀者塑造一個有血有肉，有淚有怨，可親可畏，可敬可近的千古傷心的世外高人。

讀《笑傲江湖》之時，筆者最渴望出現的，不是瀟灑磊落、好事多磨的令狐沖，而是胡琴一度、瀟湘夜雨的莫大先生！

莫大先生是一個怎樣的人呢？

> 眾人一齊轉頭望去，只見一張板桌旁，坐了一個身材瘦長的老者，臉色枯槁，披著一件青布長衫，洗得青中泛白，形狀甚是落拓，顯是個唱戲討錢的。
>
> ……
>
> ……那老者搖頭道：「你胡說八道！」轉身走開。矮胖子大怒，伸手正要往他後心抓去，忽然眼前青光一閃，一柄細細的長劍幌向桌上，叮叮叮的響了幾下……
>
> 原來這柄劍藏在胡琴之中，劍刃通入胡琴的把手，從外表看來，誰也不知這把殘舊

的胡琴內竟會藏有兵刃。那老者又搖了搖頭，說道：「你胡說八道！」緩緩走出茶館。眾人目送他背影在雨中消失，蒼涼的胡琴聲隱隱約約的傳來。

忽然有人「啊」的一聲驚呼……只見那矮胖子桌上放著的七隻茶杯，每一隻都被削去了半寸來高的一圈。七個瓷圈跌在茶杯之旁，茶杯卻一隻也沒傾倒。

……有人向那矮胖子道：「幸虧那位老先生劍下留情，否則老兄的頭頸，也和這七隻茶杯一模一樣了。」

……

眾人又都一驚，齊問：「什麼？他……他便是莫大先生？你怎麼知道？」

那花白鬍子道：「我自然知道。莫大先生愛拉胡琴，一曲『瀟湘夜雨』，聽得人眼淚也會掉下來。『琴中藏劍，劍發琴音』這八字，是他老先生武功的寫照。

「莫大先生」四個字，自有一股威儀。但光看莫大先生的形貌，只是一個落拓猥瑣的小人物，真箇見面不如聞名！但真男子漢的威風，不是外表樣貌，而是他的心性行為。莫大先生匆匆地露上一手，在毛雨中迷濛消失，何等瀟灑磊落？金庸把莫大先生現身這一場，寫得高逸之至：沒起眼的老頭不甘為人所誣，也不屑和人爭辯，隨便露一手功夫，便技壓當場，飄然而去。莫大先生出場，不像黃藥師的飄忽、韋一笑的霸道、段延慶的詭異，而是傷心瀟灑。四個青袍客之中，以莫大先生寫得最高，最能在三言兩語之中，抖盡主人翁的為人性格。

莫大先生的傷心，原是千古疑案！金庸筆下，從無一絲一線可以追索到莫大先生傷心欲絕的原因。究竟是否失手殺了好友？是失戀？是少年時出賣了朋友，到後來終身懊悔？抑或是至愛的人把他出賣了？可能一概不是，反正傷心之事，便不欲再提。人有悲歡離合，月有陰晴圓缺，人生難以無憾。金庸對他的憾事，不著一墨，既隱實現，在寫作手法上是最高明的手筆！

莫大先生每一出現，都脱不了傷心冷峻。但隱隱之中，卻又叫人感到親炙可近，同情無限，莫大先生的武功，別出一格，他殺大嵩陽手費彬一場，浪漫淒厲，將一場拼死忘生的打鬥，帶進一個超然淒迷的藝術境界。

> 忽然間耳中傳入幾下幽幽的胡琴聲，琴聲淒涼，似是歎息，又似哭泣，跟著琴聲顫抖，發出瑟瑟斷續之音，如是一滴滴小雨落上樹葉。令狐沖大為詫異，睜開眼來。費彬心頭一震：「瀟湘夜雨莫大先生到了。」但聽胡琴聲愈來愈淒苦，莫大先生卻始終不從樹後出來。

……

莫大先生向劉正風走近兩步，森然道：「該殺！」這「殺」字剛出口，寒光陡閃，手中已多了一柄又薄又窄的長劍，猛地反刺，直指費彬胸口。

這一下出招快極，抑且如夢如幻，正是「百變千幻衡山雲霧十三式」中的絕招。費彬在劉府曾著了劉正風這門武功的道兒，此刻再度中計，大駭之下，急向後退，嗤的一聲，胸口已給利劍割了一道長長的口子，衣衫盡裂，胸口肌肉也給割傷了，受傷雖然不重，卻已驚怒交集，銳氣大失。

費彬立即還劍相刺，但莫大先生一劍既佔先機，後著綿綿而至，一柄薄劍猶如靈蛇，顫動不絕，在費彬的劍光中穿來插去，只逼得費彬連連倒退，半句喝罵也叫不出口。曲洋、劉正風、令狐沖三人眼見莫大先生劍招變幻，猶如鬼魅，無不心驚神眩。劉正風和他同門學藝，做了數十年師兄弟，卻也萬萬料不到師兄的劍術竟一精至斯。

一點點鮮血從兩柄長劍間濺了出來，費彬騰挪閃躍，竭力招架，始終脫不出莫大先生的劍光籠罩，鮮血漸漸在二人身周濺成了一個紅圈。猛聽得費彬長聲慘呼，高躍而起。莫大先生退後兩步，將長劍插入胡琴，轉身便走，一曲「瀟湘夜雨」在松樹後響起，漸漸遠去。

大嵩陽手費彬是嵩山派數一數二的人物，但人格卑鄙，濫傷無辜，趕盡殺絕。莫大先生看不過眼，智奪先機，運劍如風之下，把對方殺個措手不及，打得費彬絕無還手之力，刺得他鮮血點點，灑成血花，漫天飛舞。費彬最後心窩中劍，鮮血狂射，急噴而出，一躍之後，倒地而死。情景詭異，淒厲迷漫。而莫大先生卻好整以暇，從容收劍，頭也不回，復奏起傷心哀調，隱身而去。對適才生死戰、誅惡徒之舉，不作一回事。生死度外勝敗榮辱，一概視作等閒，端的出世高人風範。莫大先生之義不容辭，帶著三分俠骨仁風，真箇佛祖法力，菩薩心腸。但又誰料得他是個傷心千古，帶著永不可解的死結的淒涼人物？

在《笑傲江湖》全書中，莫大先生現身誅殺費彬一場最久，其餘的描述，分量極輕，但卻予人有不可磨滅的印象。莫大先生第一次混在茶館現身使人驚駭，而這回殺人，卻反使人有可親可近、可愛可敬的感覺。觀乎莫大先生行止，有負世難言的創痛，一生有難填之憾。他的哀痛，已使他心死，但他沒有將自己的不幸轉嫁他人身上，恣意發洩，令天下人陪他傷心受苦。他仍然懷著一顆普渡之心，沒有辜負自己的本事，沒有辜負業師傳藝、行俠仗義的一番訓誨。

莫大先生先在荒山中鋤奸，後在船篷靜察令狐沖與諸女，維護武林正氣，在在表現生命的積極；雖生猶死，仍是雖死猶生，而華光內斂，遇上適當時候，又燦然生輝，方是一位真正的大英雄、大人物。黃藥師傲岸自高，有口難言，郭靖誤會他殺師，仍不屑一辯；莫大先生則傷心如死，有口不言，但仍不枉所學，不負所志，可見心死仍熱，真乃人間英雄好漢！段正淳生而無憾，死而無憾，而莫大先生苦憾難填，二人互相輝映，兩人得者如此，失者如斯，孰優孰劣，全憑讀者個人法眼！

第三章　虛竹子獨佔天機——說命運

如果讀金庸小說，只是追求故事中起承轉合的變化、情節的進展，可說辜負了作者一番心意。金庸寫小說，寫得最好的，是寫人性的追求、人生的得失、生命中的際遇與無奈。在金庸的所有作品當中，寫得最明最白的有兩段，不過許多讀者仍然忽略了。其一便是《天龍八部》中珍瓏之局。

謀者不得　得者不謀

什麼叫珍瓏，書中鄧百川就這樣地向公冶乾解釋：

> 珍瓏即是圍棋的難題。那是一個人故意擺出來難人的，並不是兩人對弈出來的陣勢，因此或生、或劫，往往極難推算。

尋常的珍瓏，多則不過四五十子，少則只有十餘子，但這回聾啞老人蘇星河的珍瓏，卻有二百餘子。在精研圍棋數十年的圍棋高手范百齡眼中，已見得這一局棋中劫中有劫，既有共活，又有長生，或反撲，或收氣，花五聚六，複雜無比，范百齡只看了一會，便激得口噴鮮血，可見這局珍瓏的厲害。

聽辯先生擺下珍瓏，便廣邀天下武林高士破解，一時俊彥雲集，當世精英之士，十之八九齊會一堂，的是少見。到會的計有西藏星宿海老怪丁春秋，姑蘇水榭慕容公子慕容復，大理段氏六脈神劍唯一傳人段譽，神光瑩然、寶相莊嚴的吐蕃國師鳩摩智，武林北斗少林寺好手玄難大師，還有天下四大惡人也傾巢而出。邪怪高手游坦之、好心的小和尚虛竹，也適逢其會。此外尚有慕容公子部屬鄧百川等人、段氏家臣朱丹臣一輩、聰辯先生座下弟子函谷八友，和少林寺慧字輩六名僧人。這一干人物，無一不是可以獨來獨往，雄強一方，響噹噹的人物。有分量的人物當中，就只欠了多情多愛段正淳和無堅不摧的蕭峰。

一干人物中，該由誰人入局破解珍瓏呢？這裏人物雖多，然流派分別，慕容氏自以慕容復最尊；大理段氏則以段譽為首；少林寺玄難棋藝不高，武功又失，只有袖手旁觀；丁春秋、鳩摩智明哲保身，不屑入局，其實毫無把握，不過卻愛幸災樂禍，胡纏湊興。於棋藝有自信，又欲一展身手的，只餘下段譽、慕容復、延慶太子三人。

最先入局的是段譽，結果比范百齡好少許，行了十餘子便無功而還，幸好亦全身而退，跟著慕容公子入局，豈料卻惹來鳩摩智糾纏不清，弄得慕容復愈來愈煩躁。

……鳩摩智笑道：「……慕容公子，你連我在邊角上的糾纏也擺脫不了，還想逐鹿中原麼？」

慕容復心頭一震，一時之間百感交集……眼前漸漸模糊，棋局上的白子黑子似乎都化作了將官士卒，東一團人馬，西一塊陣營，你圍住我，我圍住你，互相糾纏不清的廝殺。慕容復眼睜睜見到，己方白旗白甲的兵馬被黑旗黑甲的敵人圍住了，左衝右突，始終殺不出重圍，心中愈來愈是焦急：「我慕容氏天命已盡，一切枉費心機。我一生盡心竭力，終究化作一場春夢！時也命也，夫復何言？」突然間大叫一聲，拔劍便往頸中刎去。

原來慕容復入局之後，化成幻象，觸景生情，好夢成空，百感交集，竟圖引劍自刎，一了百了，幸好被段譽危中以六脈神劍打落利劍，救回一命。

第三個入局的是延慶太子，段延慶棋藝高明，武藝高強，按理是破解棋局的最佳人選，而結果呢？

段延慶下一子，想一會，一子一子，愈想愈久，下到二十餘子時，日已偏西，玄難忽道：「段施主，你起初十著走的是正著，第十一著起，走入了旁門，愈走愈偏，再也難以挽救了。」段延慶臉上肌肉僵硬，木無表情，喉頭的聲音說道：「你少林派是名門正宗，依你正道，卻又如何解法？」玄難歎了口氣，道：「這棋局似正非正，似邪非邪，用正道是解不開的，但若純走偏鋒，卻也不行！」

……

果然段延慶呆呆不動，淒然說道：「我以大理國皇子之尊，今日落魄江湖，淪落到這步田地，實在愧對列祖列宗。」

……跟著自言自語：「唉，不如自盡了罷！」提起鐵杖，慢慢向自己胸口點去。

珍瓏就像一面魔鏡，恰恰反照出各人心頭魔孽，延慶太子妄求功業（一個像樣的部屬也沒有，憑何建功立業？），好夢難圓，心灰意冷，也圖自虐自毀。少林玄難語帶雙關，早就道出精要所在，延慶太子先正後邪，貽誤終身，可知因果早種，孽恨難翻！

這個珍瓏之會的場面，是作者極具心思、別出心裁的精巧設計：金庸偏偏安排天下至惡之人、四大惡人之首之人，由天下至仁厚、至憨直、與世無爭的小和尚救出生天。——虛竹小和尚無名無位，無權無勇，而宅心仁厚，不忍見無辜橫死，情急救人，藥石亂投的亂放一子，而將珍瓏悶局打開，救回延慶太子一命。

其實延慶太子之惡，不在險奸，而在強橫霸道，是最有胸襟的惡人，許多讀者真不忍心就此見其橫死，暗中亦讚賞小和尚的義行，而段延慶亦絕不白受人惠，暗助小和尚。結果，珍瓏就在虛竹一念之仁之下破解，眾人費盡心機而不可得，小虛竹卻是順手拈來，因緣際會，佔盡天機，不旋踵即成天下第一大神醫、天下武林一大絕頂高手，亦促成一段萬人仰羨、豔福無邊的姻緣，際遇之隆，盡勝全書諸人。

珍瓏之會，把虛竹從一個樸實謙微的小人物，變成一個至誠至厚、切實無華的英雄。除了存心寬厚之外，究竟還講求福緣際會，任你本領如何大，準備如何周到，福緣不逮，到頭來只有徒呼空歎。另一方面珍瓏也映照出人性弱點，世上未有完美的人性，管你英雄好漢，也難以生而無憾。作者為赴局三人，作了這樣的按語：

> 這個珍瓏變幻百端，因人而施，愛財者因貪失誤，易怒者由憤壞事。段譽之敗，在於愛心太重，不肯棄子；慕容復之失，由於執著權勢，勇於棄子，卻說什麼也不肯失勢。段延慶生平第一恨事，乃是殘廢之後，不得不拋開本門正宗武功，改習旁門左道的邪術，一到全神貫注之時，外魔入侵，竟爾心神蕩漾，難以自制。

段譽之失，在於愛心太重，原來「愛心」倒是造成失敗的因素，不過只要回心一想，這亦是最理所當然的事，慈母溺愛子女，便是缺點，愛之適足以害之，愛心太重，果然不當。一個愛心太重的人，通常都是優柔寡斷。優柔寡斷，便常常誤事。世間上有種人常常努力去做好好先生，以為面面俱圓，結果難偕結局，誤人誤己而不自知。

另一類人恰好相反，是慕容氏式，決斷果敢，伶俐狠絕。結果如何？朋友愈多，衝突愈多，壓力愈大，最後悒悒而終。段延慶之失，屬身不由己一類，以延慶太子才略，何嘗不知歧路險惡？但一個失盡正道本錢的人，便不能不鋌而走險，這樣愈走愈邪，愈邪愈險，再難以回頭，因果已種，難免苦果自嚐。可知世事有得必有失，有益必有損，能生而無憾的，究竟少之又少，難怪連賤視得失榮辱的世外高人——莫大先生也有千古傷心之恨了！

臘八之會　有去無回

人，生下來便不平等，但總有一事人人平等的。在金庸的《俠客行》中，每家每派的高手練武途徑各有不同，但最後的命運卻必然相同——便是被強邀到俠客島去吃臘八粥。

《俠客行》中的臘八粥，使武林人士聞而色變，究竟臘八粥是什麼？見原文所說：

石清待他說完後，沉吟半晌，才道：「玉兒，有一件事須得跟你說明白，好在此刻尚可挽回，你也不用驚慌。」頓了一頓，續道：「三十年之前，武林中許多大門派、大幫會的首腦，忽然先後接到請柬，邀他們於十二月初八那日，到南海的俠客島去喝臘八粥。」

石破天點頭道：「是了，大家一聽得『到俠客島去喝臘八粥』就非常害怕，不知是什麼道理？臘八粥有毒麼？」

……

石清搖頭道：「三十年來，這件大事始終無人索解得透。少林派妙諦方丈、武當派愚茶道長先失蹤，事隔多年後終於消息先後洩漏，這兩位高手果然是給俠客島強請去的。在少林寺外曾激鬥了七日七夜，武當山上卻沒動手，多半愚茶道長一拔劍便即失手。這一僧一道，武功之高，江湖上罕有匹敵，再加上青城旭山道人、西蜀刁老鏢頭、五台派善本大師、崑崙派苦柏道人四位先後遭了毒手，其餘武林人物自忖武功與這六大高手差得甚遠，待得再接到那銅牌請柬，便有人答應去喝臘八粥……可是三十七人一去無蹤，三十年來更無半點消息。」

只聽石清又道：「又過十年……有五十三人赴會。這五十三位英雄好漢有的武功卓絕，有的智謀過人，可是一去之後，卻又是無影無蹤，從此沒了音訊……但若說是怕了俠客島，那也不錯。武林之中，任你是多麼人多勢眾、武藝高強的大派大幫，一提起『俠客島』三字，又有誰不眉頭深皺？……。」

原來臘八粥之所以駭人，就是不得不去，有去無回。強人所難，逼人赴會者，原來又是無法抵擋的武林高手，形貌也極之特別：

一人身材魁梧，圓臉大耳，穿一襲古銅色綢袍，笑嘻嘻地和藹可親；另一個身形也是甚高，但十分瘦削，身穿天藍色長衫，身闊還不及先前那人一半，留一撇鼠尾鬚，臉色卻頗為陰沉。

這二人一肥一瘦，一高一矮，一人和藹一人陰沉，所練武功，一是陽剛一是陰柔，處處都正好相反，然卻都有共通之處，同是洞悉世態、武功高強、驕悍辣手的人物。他們一叫張三，一叫李四，便是《俠客行》中，人人聞而色變的賞善罰惡二使了。

這兩人逼得不少武林好手韜光養晦，不敢以真本領示人。例如長樂幫中好手貝海石甘退至二線，上清觀眾道淡泊名聲，正欲避此一劫。長樂幫中上上下下，甘受石中玉胡混凌辱，也因為石中玉願替他們擋此一災。

這一肥一瘦賞善罰惡使，邀人赴約的信物，卻是兩面銅牌，每塊牌上均刻有一張人臉，一笑一怒。倒也配合二使身分。其實二人之邀，並非是什麼臘八粥之會，分明是有去無回，死亡之宴。二使的行事手法，形貌形神，分明是閻王使者，豈能不使人人聞而色變？

金庸借題發揮，分明將人生大限，寫成臘八之會，任你英雄好漢，俊醜賢良不肖，總也逃不過這關。俠客島是書中武林高手的最後歸宿，也是作者寓意的人生最後歸宿。但看俠客島中，島主二人（何以不是一人？）對群雄在江湖上所作所為，善善惡惡都瞭若指掌，有簿冊記得分明，不是閻王老爺是什麼？小說中無論那一位高手，總也逃不過二使之約，他們對二使的態度，一如凡塵之士對人生大限的態度；愈是高手，對二使之來臨愈見擔憂，一若世人之中，愈是擁有權位之輩，愈是恐懼末日之臨，千方百計去逃避一樣，以武俠小說內容而借喻人生生死之懼，金庸可以說是說得最痛快淋漓的一人。

俠客島之行，寓意是發人深省的，但其結果，更足令人深思，人人都以為失蹤者非死即亡，卻原來都好端端活著，生活得更起勁，活得都認為比以前更有意義。

白自在於島上石穴陡然遇到交情不淺的山東八仙劍掌門溫仁厚，知道他十年前赴臘八粥宴死了，卻原來在迷戀島上石壁武功，浸淫其間，癡迷忘返。白自在說對他說：

十年前我聽說你被俠客島邀去喝臘八粥，知道你早已仙去了，曾大哭了幾場，那知道……

這一番話，可見白老對摯友關切之情，誰知對方卻只淡淡地說：「怎麼到今日才來？」語辭之中，對白老關切之情大謬不然，倒反嫌老友遲遲不到此中佳境，頗有為之惋惜之慨。

這段頗有指出眾武人心目中的閻王殿，卻是眾人意料不及的樂土；眾人心中無一不在憂心忡忡之事，原來實在無聊之極，千方百計避而不往的，卻是眾武人夢寢以求的、不忍遽離的樂土。然則事前一切擔憂，頓見多慮多餘，作者以精奇構思，不憚煩的一而再地佈局，旁敲側擊臘八之會，顯然別有所指。

俠客島上諸人，得益最大的是誰呢？當然是書中故事主人翁石破天了，石破天之能窺天機，不是他聰穎過人，而在於他的無知拙笨。且看下文：

龍島主扶著石壁，慢慢站直，說道：「石幫主，我兄弟悶在心中數十年的大疑團，得你今日解破，我兄弟實是感激不盡。」石破天道：「我怎地……怎地解破了？」……

木島主道：「你不識字，卻能解通圖譜，這……這如何能夠？」……

龍島主輕輕歎了口氣，說道：「原來這許許多多注釋文字，每一句都在故意導人誤入歧途。可是參研圖譜之人，又有那一個肯不去鑽研注解？」石破天奇道：「島主你說那許多字都是沒用的？」龍島主道：「非但無用，而且大大有害。倘若沒有這些注解，我二人的無數心血，又何至盡數虛耗……」

這段文字，頗見作者亦有弦外之音。無論如何，金庸總以為能逍遙自得者，只有至誠至樸、宅心仁厚之士，箇中表表者如「射鵰」中的郭靖、《天龍八部》中的虛竹子、《俠客行》中的石破天，才能順手拈來，佔盡天機！

第四章

綠柳莊前迎嬌客——談暢快人生

金庸的作品，基本上是悲調的，寫人生苦難、命運的無奈，故事的悲劇性，決不會使人嚎啕大哭，而是低徊三歎，慷慨有餘哀。這種失落灰暗的調子，何以竟然大受歡迎？

一種最現成的解釋，是悲劇的作品，比喜劇的擁有更多觀眾、更多的讀者。在樂曲上，哀歌就比輕快的音樂更易流行，舞台上的經典作品，悲劇便多於喜劇。這種解釋對金庸作品而言，盡其量只說對了一半，金庸筆下，仍有輕鬆愉快，人生得意的一面；或是情深雋逸，或是意境開朗，或是醉人春風，或是人心大快。總之，金庸筆下，也有洋溢著生命中快感美感之時，追讀之下，提高情操，滿彌溫馨怡暢。

遊遍芳叢　知誰與共

讀書如臥遊，展人胸襟，開人眼界。金庸小說其一特色，是故事常常牽引讀者臥醉幽奇、窺探勝境。金庸小說帶出地域之廣，上章早有論及，但作者的成功，非在「廣」，而在「深」。所謂深，是指讀者透過作者文章，對遊歷之幽境勝地有深切體會，不只如臨其地，亦染其情。登臨有高曠古意，步妙有尋幽之雅，閒適則有暢達之懷。在許多不同類型山川景物描述中，作者尤擅江南風物的描寫。幽林福地，柳暗花明，暢讀之時，見聞雅致，賞心悅目。

作者對遊歷之描述，寫雅勝閒情的頗有幾處寫得十分出色。「射鵰」之中，作者藉郭靖背著黃蓉找段皇爺療傷，帶出一處又一處的奇境，令人目不暇給。先是得神算子瑛姑指點，找到雙峰之間白龍般奔騰的大瀑布，正在釣金娃娃的漁人。後來搶了漁人鐵槳鐵舟，逆流而上，划上高地，已屬奇聞。後來轉上兩個急灘，眼前卻是景色如畫，清溪潺潺，兩旁垂柳拂水，水邊叢生小花，芳香馥郁。溪水碧綠如玉，深不見底。高山之巔，竟然別有天地。然後又鑽入雲端，攀上高峰，騙過耕夫，繼續前行。山路盡頭，原來是尺許小徑的石樑，石樑的盡頭，偏偏卻坐了一個書生擋路。

郭黃二人歷程，可謂勝景無數！既有氣勢奔騰的瀑布急流，也有波平如鏡的桃源柳岸，亦有前臨深淵，令人膽顫心驚的孤崖石樑。無怪小黃蓉也說：「眼前奇景無數，就算治不好，也不枉一場奔波。」不過，這裏景致雖然奇美，但總少了一點浪漫的氣息。作者在《天龍八部》中，寫慕容氏姑蘇水榭，又勝一籌了。

姑蘇慕容氏老巢，是蘇州城外燕子塢參合莊，但鳩摩智扣了段譽，想拜老慕容的墳，豈知到蘇州，還是打聽不著。幸好後來碰上阿碧，便把他們帶入一座煙波浩淼、遠水接天的太湖。阿碧是慕容丫環，溫柔婉轉，清秀可人，配上杏花夾徑，綠柳垂湖，熏風醉人的陽春三月，江南靈秀，真箇中人欲醉。

阿碧盪著小舟，在荷葉田田間左穿右插，一會兒又轉到紅菱綠葉清波之中，鮮麗非凡，最後才來到小巧玲瓏的精舍，以為是慕容氏的居所了，原來只不過是小婢阿碧住的。婢女住的房舍，也有挺雅致的名字，阿碧住的叫「琴韻小築」，阿朱住的叫「聽香水榭」。此外，這裏尚有還施水閣、聽雨居等，光是名字，已是典雅非凡，何況擺出來的飲食、器具，都是那末精巧周到。讀者隨著金庸的走筆，極難不陶醉於江南典雅風物之中。這種踏雪尋梅的追賞妙趣，是讀武俠小說的意外大收穫。

江南文物，雅致風流原是想像中事，但在金庸筆下，竟然在甘涼道上、古樸風沙之中寫出江南風致，其精巧典雅，令人沉醉。

> 說話之間，莊丁已獻上茶來，只見雨過天青的瓷杯之中飄浮著嫩綠的龍井茶葉，清香撲鼻。群豪暗暗奇怪，此處和江南相距千里之遙，如何能有新鮮的龍井茶葉？
>
> ……
>
> 園中山石古拙，溪池清澈，花卉不多，卻甚是雅致。張無忌不能領略園中的勝妙之處，楊逍卻已暗暗點頭，心想這花園的主人實非庸夫俗流，胸中大有丘壑……水閣四周池中種著七八株水仙一般的花卉，似水仙而大，花作白色，香氣幽雅。群豪臨清芬、飲美

酒，和風送香，甚是暢快。

上文是「倚天」中汝陽王郡主趙敏（明）的綠柳山莊。山莊景色怡人，閒適淡雅；可是誰料得到卻是機關四佈，暗藏殺機？如斯雅致的綠柳莊內，轉瞬之間，群豪一一中毒，命命皆在俄頃，受制於人。但世事往往難於逆料，極危險的絕域，制人死命的機關，轉眼間卻又變成風光無限、旖旎香豔的地方。張無忌在跌落機關前一翻一抓，把趙敏扯下，雙雙跌入黑漆漆鐵板陷阱之中。孤男寡女，在咫尺漆黑之中，息體互聞，何等旖旎？但張教主卻大煞風景，動起粗來：

張無忌見她如此硬挺，一時倒是束手無策，又僵持片刻，心下焦急，說道：「我為了救眾人性命，只好動粗了，無禮莫怪。」抓起她左腳，扯脫了她的鞋襪。趙敏又驚又怒，叫道：「臭小子，你幹什麼？」張無忌不答，又扯脫了她右足鞋襪，伸雙手食指點在她兩足掌心的「湧泉穴」上，運起九陽神功，一股暖氣便即在「湧泉穴」上來回游走……

……

趙敏喘了口長氣，罵道：「賊小子，給我著好鞋襪！」張無忌拿起鞋襪，一手便握住她左足，剛才一心脫困，意無別念，這時一碰到她溫膩柔軟的足踝，心中不禁一蕩。趙敏將腳一縮，羞得滿面通紅，幸好黑暗中張無忌也沒瞧見，她一聲不響的自行穿好鞋襪，在這一霎時之間，心中起了異樣的感覺，似乎只想他再來摸一摸自己的腳。卻聽張無忌厲聲喝道：「快些，快些！快放我出去。」

讀了這一段文章，方知金庸寫景之美，原來不是用枯筆。美景之中，恒寄以旖旎之情；賞心悅目之時，更有嬌娃相伴。「射鵰」中郭靖尋幽，背著俏黃蓉；段譽探水榭，道上有解語解頤的阿碧阿朱；張無忌臨綠柳，更有一位明豔華貴、千金之體的小郡主屏息相陪！美人麗景，暗室生香，賞心如此，人生幾何？「射鵰」中的尋幽是清逸，「天龍」中的探秘是典麗，綠柳莊的脫鞋搔癢是什麼？試看無忌的「心中不禁一蕩」；小郡主的「似乎只想他再來摸一摸自己的腳」的描寫，是知好色而慕少艾的心懷，是樂而不淫的香豔！

金庸由美景的暢快，掀起了豔情的陶醉，這又是金庸筆下惹人怡暢的又一地方。

豔情之事，好像屢屢在漆黑之中發生。張無忌與趙敏，可說深阱之中一抓定情。無獨有偶，另一宗人間樂事，也發生在枯井之中。天下第一情聖段譽，在枯井中與夢中情人王語嫣撞在一起，王語嫣此時看透了慕容復的自私涼薄，段譽的捨身相愛。王語嫣從生到死，從死到生，徹悟之下，與段譽緣訂三生，結束這段愛情長跑。二人兩情相悅，互有回報，枯井下浸融在暢快恬樂之中。

金庸筆下的勝景勝筆，從遊遍芳叢、知心與共而帶出少艾相慕相戀的愫情，中間也有一些馨香旖旎筆墨。如魯男子爬進嬌弱的小姐閨房，鑽上繡榻的描寫，已不止一次出現。《雪山飛狐》中胡斐與苗若蘭同鋪一被，並頭而臥；《碧血劍》中袁承志誤入公主寢宮，公主原來竟是程青竹小徒阿九，阿九為了迴護袁承志，怕給別人發現，逼得二人共眠一被。滴粉搓酥，香澤微聞，驚險之中，也帶來無比香豔。

豔情筆墨，旖旎溫馨是一幕，銷魂蝕骨又是一幕，誰料得玉門關外，西夏皇宮闃無人跡的冰窖之中，竟有綿綿至愛、銷魂蝕骨的春光：

> 這一日睡夢之中，虛竹忽然聞到一陣甜甜的幽香，這香氣既非佛像前燒的檀香，也不是魚肉的菜香，只覺得全身通泰，說不出的舒服，迷迷糊糊之中，又覺得有一樣軟軟的物事靠在自己胸前，他一驚而醒，伸手去一摸，著手處柔膩溫暖，竟是一個不穿衣服之人的身體。他大吃一驚……
>
> 虛竹待要站起身來相避，一撐持間，左手扶住了那少女的肩頭，右手卻攬在她柔軟纖

細的腰間。虛竹今年二十四歲，生平只和阿紫、童姥、李秋水三個女人說過話，這二十四年之中，只在少林寺中念經參禪。但好色而慕少艾，乃是人之天性，虛竹雖然謹守戒律，每逢春暖花開之日，亦不免心頭蕩漾，幻想男女之事……此刻雙手碰到了那少女柔膩嬌嫩的肌膚，一顆心簡直要從口腔中跳了出來，卻是再難釋手。

那少女嚶嚀一聲，轉過身來，伸手勾住了他頭頸。虛竹但覺那少女吹氣如蘭，口脂香陣陣襲來，不由得天旋地轉，全身發抖，顫聲道：「你……你……你……」那少女道：「我好冷，可是心裏又好熱。」虛竹難以自已，雙手微一用力，將她抱在懷裏。

這段寫一個從未接觸異性的精壯男兒，陡然間遇到天地間第一大誘惑。箇中充滿人性，如渴求水，如飢求食，疑幻疑驚，漠然之際，躬身事成，寫得剔透靈慾，樂而不淫，韻味無窮。金庸除了美景柔情，還有邂逅情深的描述：如郭靖黃蓉、張翠山殷素素、袁承志溫青青等等之乍逢初戀，相慕傾心的真情流露，都寫得如春風拂柳、好鳥枝頭，惹人共諧鳴奏。情愛之事，可見縱有哀傷淒苦之時，亦有陽光麗日之美，確令人悅目賞心，逸興遄飛。

折服痛快　相知相重

金庸除了美境柔情、麗日中天的輕快之外，還有更痛快淋漓的筆調，一是知遇敬重，一是大快人心。

人心大快之事，在武俠小說中，莫如遊刃有餘，旗開得勝。此類橋段，作者亦用得最多。《碧血劍》中，先有幾歲大的袁承志力敵斑豹，藝成離華山後的袁承志談笑之間，盡掃石樑五老，打得獨霸一方的強豪一蹶不起，再而技壓七省群雄；「射鵰」中郭靖在大漠初試啼聲，連勝黃河四鬼；「神鵰」中楊過與小龍女雙劍合璧，打得金輪法王落荒而逃；「倚天」中張無忌乾坤大挪移心法，技懾群豪；「天龍」中蕭峰三掌迫退星宿老怪，勇擒遼王耶律洪基，以及虛竹降服丁春秋；《笑傲江湖》中令狐沖手執一劍，連破梅莊四友，琴棋書畫，盡拜下風。

武俠小說中，第二種痛快是鋤奸。惡人之中，以張召重、歐陽鋒最先出現。但歐陽鋒的失瘋、張召重最後為群雄的誅服，都有點拖泥帶水，不夠痛快。惡人之中，公孫止最為陰鷙，收場極慘，眾叛親離，在鋤奸之快中，卻有點莫名其妙的惋惜。數痛快之情，反而在《笑傲江湖》一書中，一再出現：莫大先生誅殺狐假虎威的大嵩陽手費彬，激厲淒迷，人心大快；林平之藝成復仇，雖則過於冷絕，但抒盡胸中抑鬱，吐氣揚眉，始終不失痛快之事；再其次是左冷禪謀奪盟主，險詐霸道，口是心非，最後原來為他人作嫁，好夢成空，一敗塗地實非始料所及。當知惡人自有惡人磨，旁觀者無不拍手稱快。

使人折服，也是在武俠小說中，令讀者痛快的一種手段。俗語說文無第一，武無第二，每個武人都要爭第一，即使敗於人手，只作他人走運而已，要人心服口服，實在並不容易。金庸在《碧血劍》中，寫袁承志這個小師叔，現身於二師兄歸辛樹徒兒面前，他們年紀比袁承志大，名氣比他響，涉足江湖比他久，要勉強叫他一聲小師叔，不過瞧在祖師爺面上，心裏著實不服氣。袁承志瞧在眼內，便要他們心悅誠服，不枉叫一聲師叔。

這場高人耍弄，穩操勝券，的確大快人心。先是叫劉培生接他五招，果然接不到，袁承志隨之說明竅要，劉培生是個明白人，如何不知明為過招，實則以本門拳法精義相授？結果口服心服，對之恭敬感激。梅劍和自恃劍法了得，與他對招，只以平輩之禮相待，以為可以憑劍藝壓倒師叔，誰知甫一出劍，對方只手腕微側，雙劍一交，長劍立斷，連較藝的機會也沒有。後來袁承志使出「附骨之蛆」，劍尖如影隨形，追著梅劍和後心走，嚇得他一身冷汗。諸徒之中，孫仲君最為放肆，則被他以內力反彈，痛得眼淚直流。袁承志恩威並施，剛柔並濟，把扈飛揚的師侄，折服得謙恭得體，頭頭是道，大快人心。

「書劍」中關東六魔中韓文沖被紅花會逮著，帶到總舵主陳家洛面前，以為對方所恃不過人多勢眾，於是神態倨傲，並謂要替拜把兄弟焦文期復仇。陸菲青藉口將武器交還給他，把他仗以成名的獨門兵器鐵琵琶，給群雄搓捏，如弄濕泥，如搓軟麵，使得他又驚又怕，最後陳家洛把它隨手一擲，直沒黃沙之中，令之心如死灰。看韓文沖給紅花會一眾軟硬兼施的教訓，恩威並用的手段，既顯功夫，也套交情，使得這個傲桀不群的大漢，啞口無言，聽由擺佈，暢意無窮。韓文沖因而重回洛陽老家閉門彈琵琶終老，再不涉足江湖，未嘗不是一件美事！

說到降服之快，當推「天龍」中虛竹替武林大惡丁春秋種生死符一節，最為痛快。

丁春秋霎時之間，但覺缺盆、天樞、伏兔、天泉、天柱、神道、志室七處穴道中同時麻癢難當，直如千千萬萬隻螞蟻同時在咬齧一般。這酒水化成的冰片中附有虛竹的內力，寒冰入體，隨即化去，內力卻留在他的穴道經脈之中。丁春秋手忙腳亂，不斷在懷中掏摸，一口氣服了七八種解藥，通了五六次內息，穴道中的麻癢卻只有愈加厲害。

……

過不多時，丁春秋終於支持不住，伸手亂扯自己鬍鬚，將一叢銀也似的美髯扯得一根根隨風飛舞，跟著便撕裂衣衫，露出一身雪白的肌膚，他年紀已老，身子卻兀自精壯如少年，手指到處，身上便鮮血迸流，用力撕抓，不住口的號叫：「癢死我了！癢死了！」又過一刻，左膝跪倒，愈叫愈是慘厲。

丁春秋窮凶霸道，又懂化功大法，高手也不敢貿然與之過招。豈知遇著本門宗師，還用不上化功大法，便被克制得手無縛雞之力，折服奸人，當然人心大快。

除了得勝鋤奸之外，脱臉也屬快事。江湖險惡，寸步難行，金庸小説，不乏身陷險境事故，比較以細筆描繪的，「射鵰」中有歐陽公子要脅眾人，反被誅殺一幕。

《射鵰英雄傳》一書中段，黃蓉與郭靖在牛家村密室療傷，要熬七日七夜，這七日七夜，差不多全部重要人物，都曾在這牛家村破屋出現過。最倒楣的是白駝山少主歐陽克，有去無回，有入無出。歐陽公子憑一人之力，打敗陸冠英，扣著程遙迦、穆念慈，左擁右抱。兩個錦衣美女，如俎上之肉，卻走出個小王爺楊康出來，楊康見歐陽克將穆念慈抱在懷裏，心頭恨極，礙於對方武功高強，臉上始終不動聲色，終於騙得時機，把他殺死。但歐陽克臨死反撲，差點楊康也要賠上一命，驚險之極，這個脱險場面，令人有痛快之樂，或許也是因其帶有惡人自有惡人磨的鋤奸成分。

《神鵰俠侶》中李莫愁要追殺叛徒陸無雙，撞上程英和楊過，也要一併殺了。正是籠中之鳥，左衝右突，仍無法逃離魔掌之禁，黃藥師卻翩然而至，懾震對方，三人立時轉危為安。楊過更得遇東邪，傳了彈指神功、玉簫劍法兩門絕技，這次脫險，因禍得福，帶來知遇之快。

金庸筆下，不乏恩遇的描述，如少年楊過識盡天下英雄，韋小寶逢凶化吉，遇盡人傑等等。秦瓊賣馬，乃最無可奈可之事，偏偏無可避免，寧可少得賣予識貨者，蓋歎知遇之難也。知遇之情，在感激中帶有痛快！何止知者痛快、遇者痛快、旁觀者也為之痛快！所以讀者看到小說中知遇橋段，也會眉飛色舞。

除了知遇以外，惺惺相惜、敬重莫逆，也是難得的高義情操。試看《碧血劍》中一段文字：

焦宛兒道：「不。我要請你作主，將我許配給羅師哥。」她此言一出，袁承志和青青固然吃了一驚，羅立如更是驚愕異常，結結巴巴的道：「師……師妹，你……你說什麼？」焦宛兒道：「你不喜歡我麼？」羅立如滿臉漲得通紅，只是說：「我……我……」

青青心花怒放，疑忌盡消，笑道：「好呀，恭喜兩位啦。」袁承志知道焦宛兒是為了表明與自己清白無他，才不惜提出要下嫁這個獨臂師哥，那全是要去青青疑心、以報自己恩德之意，不禁好生感激。青青這時也已明白了她的用意，頗為內愧，拉著焦宛兒的手道：「妹子，我對你無禮，你別見怪。」焦宛兒道：「我哪裏會怪姊姊？」想起剛才所受的委屈，不覺淒然下淚。青青也陪著她哭了起來。

從上文可見，要吸引讀者，並不一定是古怪的情節。下淚也並不一定是悲傷。這段短短的文字，平實無奇，但感人至深。人與人之間難免有誤解，蒙冤不白是一種難以宣洩的抑鬱，一旦雲開見月，水落石出，根本就是另一種人生快事。好女兒焦宛兒因曾受委屈而下淚，原也不怪，何以青青也陪她下淚呢？

上文這段，如果短少了最後一句，便神髓盡失。作者藉著這句話，吐露青青的內心世界，青青何嘗不是一個受了委屈的人？她誤會個郎移情，內心便感到委屈至極。青青的淚，是與宛兒起的共鳴，也激起讀者的共鳴！人貴相知，兩位小姑娘的幾行珠淚，互相瞭解，勝於千言萬語，這是人性中極珍貴的感情，讀者豈不樂見？

人的相知，是金庸小說中屢見不爽的場面。知交知遇，恒常激起讀者暢快的心。最寂寞的人也再不感到自己是天涯孤客，產生共奏共鳴的心境，豪情氣概，拱璧之珍，這暢快人生的意氣，也是使人再三捧讀金庸小說的原因。

說到莫逆之情，《天龍八部》三俠蕭峰、段譽、虛竹的結義，有點莫名其妙，只不過三人天性中有相近之處，故事的行文路線，也使讀者覺得理該如此。所以三人之交，寫不出其情義，未見激起火花。但在《飛狐外傳》中，藝成後的小胡斐，初會金面佛苗人鳳，心折風儀，一言訂交才是最痛快之事：

胡斐回過頭來，見苗人鳳雙手按住眼睛，臉上神情痛楚，待要上前救助，又怕他突然發掌，於是朗聲說道：「苗大俠，我雖不是你朋友，可也決計不會加害，你信也不信？」這幾句話說得極是誠懇。苗人鳳雖未見到他面目，自己又剛中了奸人暗算，雙目痛如刀剜，但一聽此言，自然而然覺得這少年絕非壞人，真所謂英雄識英雄，片言之間，已是意氣相投，於是說道：「你給我擋住門外的奸人。」他不答胡斐「信也不信？」的問話，但叫他擋住外敵，那便是當他至交好友一般。

胡斐胸口一熱，但覺這話豪氣干雲，若非胸襟寬博的大英雄大豪傑，決不能說得出口，當真是有白頭如新，傾蓋如故，苗人鳳只一句話，胡斐立時甘願為他赴湯蹈火，眼見鍾氏三兄弟相距屋門尚有二十來丈，當即拿起燭台，奔至後進廚房中。

……

苗人鳳正想自己雙目已瞎，縱然退得眼前的鍾氏三兄弟，但由於「打遍天下無敵手」這個外號太惡，生平結下仇家無數，只要江湖上一傳開自己眼睛瞎了，強仇紛至沓來，那時如何抵禦？看來性命難以保全，最放心不下的便是這個女兒。他以耳代目，聽得胡斐卻敵救火，乾淨俐落，智勇兼全，這人素不相識，居然如此義氣，女兒實可託付給他，於是問道：「小兄弟，你尊姓大名，與我可有淵源？」

胡斐心想我爹爹不知到底是不是死在他的手下，此刻不便提起，當下說道：「丈夫結交，但重義氣，只須肝膽相照，何必提名道姓？苗大俠若是信託得過，在下便是粉身碎骨，也要保護令愛周全。」

苗人鳳道：「好，苗人鳳獨來獨往，生平只有兩個知交，一個是遼東大俠胡一刀，另一個便是你這位不知姓名、沒見過面的小兄弟。」說著抱起女兒，遞了過去。

這段兩雄相遇，肝膽相照的描述，看得人血脈賁張，熱血沸騰。英雄肝膽，三言兩語便能推心置腹，相親託付，真乃人間美事快事，苗人鳳願把至愛女兒交託一個「不知姓名、沒見過面的小兄弟」，要有見識，亦要有膽略。江湖險惡，好人也會受人利用來害自己，劉鶴真計騙自己撕信播毒，便是眼前最好的例子。在目不能視、強敵環伺之下，將愛女交予一陌生人，是何等危險的事？此人可以隨即以此要脅自己，但金面佛就是不怕，他有自信去應付。但更重要的，是他的識略，他和胡斐對了一掌，知道他的修為。以他的修為，何會用陰鷙小人技倆？一瞬之間，苗人鳳便把來人確算得一清二楚，這是苗人鳳久歷江湖，審人斷事的見識了。

胡斐帶著疑惑的心情去見苗人鳳。一見之下，為之心折，見他遭人暗算，立刻奮身相助，原是俠義行為，無足大驚小怪，但慨然應允，坦然受託，亦是英雄好漢的行徑。須知一手接了苗人鳳的女兒，若苗人鳳有什麼三長兩短，胡斐便要照顧苗若蘭的一生一世，任重道遠，擔子不可謂不大。但兩人只對了一掌，便惺惺相惜，肝膽相照，敬重相知，迸發出人性高義火花。人世中百年難遇快事，我們卻可以在金庸筆下找到，這正是金庸小說又一令讀者心醉神馳之處。

第五章　神將哲別棄暗投明——談戰陣

人類的歷史，由戰爭盛衰興替綴聯而成；我國描述戰爭的故事文章，歷來就不少。談及戰爭的小說，無人不會不想到《三國演義》;《三國演義》對戰事的描述，不下數百回，對戰事描述的成就，也是值得稱許的。不過，現在讀來，還不及金庸筆下戰事的有瞄頭。

這種說法，難免令人懷疑對作者有過譽之處。但以閱讀趣味而言，金著的確勝於「三國」。《三國演義》對戰事的描述，不著重於戰場拼殺的描寫，而多著重於開戰前敵我雙方的形勢、戰略的運用、戰役的曲折的前因後果。對戰場廝殺的描述，往往三言兩語帶過。這未嘗不是優點，但卻難以喚起讀者恍如置身戰場的震撼感受。

軍旅森嚴　刀寒似水

打從金庸第一部長篇《書劍恩仇錄》開始，便有兩陣交兵的描述，已頗見瞄頭。繼之《射鵰英雄傳》對軍旅的描述，尤有過之。金庸賴此書成名，非獨武俠故事寫得好，兩陣對壘的描述，令讀者大開眼界，實功不可沒。

一般武俠小說，只寫撲擊對打，而金庸的武俠小說，並寫千軍萬馬的對壘，其精采之處，不下前者。他將戰場上廝殺，推到讀者眼前，帶讀者親入戰場。我們看到雄猛激壯的氣象，聽到金甲鏗鏘、萬夫爭鳴、殺聲蓋天之聲。金庸筆下劍戟如林，刀寒勝雪，刁斗森嚴，氣勢磅礴。讀之使人有一股凜冽之氣，陡然驚悚震慄，或胸懷激蕩，或滿目悲涼；是閱讀其他作品時難以感受到。金庸寫戰陣，篇篇有司馬遷〈項羽本紀〉馬上激殺的悲壯，金庸寫古戰場的出色，真不作第二人想！

未說交鋒，先看金庸寫軍容之盛：

郭靖和眾孩在旁觀看，聽號角第一遍吹罷，各營士卒都已拿了兵器上馬。第二遍號角吹動時，四野裏蹄聲雜遝，人頭攢動。第三遍號角停息，轅門前大草原上已是黑壓壓的一片，整整齊齊的排列了五個萬人隊，除了馬匹呼吸喘氣之外，更無半點耳語和兵器撞碰之聲。

成吉思汗這幾萬人瞬息聚在一起，鴉雀無聲。看似容易，實則甚難，若非平日訓練有素，綱紀嚴明，又何以能號令一出，數萬人如心使臂，如臂使指了？另段寫金兵，當時金國正盛，而勢道已疲，作者則從其軍容之中，以旁筆巧妙地繪出那盛極而衰的徵兆。

完顏兄弟帶領了一萬名精兵，個個錦袍鐵甲，左隊執長矛，右隊持狼牙棒，跨下高頭大馬，鐵甲上鏗鏘之聲，里許外即已聽到。待到臨近，更見錦衣燦爛，盔甲鮮明，刀槍耀日，軍容極盛。完顏洪熙兄弟並轡而來，鐵木真和眾子諸將站在道旁迎接。

……

這時太陽剛從草原遠處天地交界線升起，鐵木真上了馬，五個千人隊早已整整齊齊的排列在草原之上。金國兵將卻兀自在帳幕中酣睡未醒。

……

又等了大半個時辰，完顏洪熙兄弟才梳洗完畢，走出帳幕。完顏洪烈見蒙古兵早已列隊相候，忙下令集隊。完顏洪熙卻擺弄上國王子的威風，自管喝了幾杯酒，吃了點心才慢慢上馬，又耗了半個時辰，才把一萬名兵馬集好。

此段寫金兵軍容極盛，可是徒有其貌，已沾怠惰習氣。尤有甚者，就是主將驕矜。一方是日暮之師，一方是新羈之馬，這兩段文字，早已寫出勝負雙方。

金庸在「書劍」中，早有戰陣描寫，雖然寫得不差，但還不夠精采。可是從「射鵰」開始，每一次戰役，都精采萬分，不宜匆匆略過。「射鵰」中第一次寫鐵木真用兵，已見縱橫捭闔，法度嚴謹，並不是兩陣胡亂地對打一場，而是層次分明、有條不紊，遣兵調將，已窺兵法天機。

這場戰役是敵眾我寡，鐵木真以少勝多。最先是鐵木真子朮赤與敵接戰，跟著是鐵木真出現，縱馬上山，居高臨下，俯瞰地勢。作者就此已隱然指出鐵木真已佔先機。端視兩方陣勢之後，鐵木真隨之命部屬四面散去，獨自領三千精兵，死守土崗，甘為釣餌，惹得敵人捨命強攻。兩方激戰多個時辰後已見傷亡，守軍人少，漸漸抵擋不住，但鐵木真仍不肯召戎救駕，直至頸上中了對方悍將一箭，跌落馬下，仍不准回師，要部屬犧牲死守。待至重行上馬亮相，對方為之氣奪，攻勢稍緩之時，勒令吹號，高舉大纛，召精兵殺回，一舉而破敵陣，殲滅敵人，大獲全勝。

這場戰役的描述，除了排山倒海、勢若奔雷的衝殺外，對鐵木真的軍事天才，顯露無遺。鐵木真眼光之準、個性之忍、用兵之狠，控制著整個戰場，敵盛我守，敵疲我攻，就是這樣，一股剽悍鐵騎，以少勝多，鐵木真一舉而殲滅世仇泰亦赤兀部。

這場精采的描述不過作者牛刀小試，隨之而來的寫一箭射倒鐵木真的神箭將軍，拜服鐵木真一場，方是精采之作——既寫出兩雄競技、勝負相差一線的場面，也寫出人間英雄，相識敬重的英雄氣概：

哲別躍上馬背，向鐵木真道：「我已被你包圍住，你要殺我，便如是宰羊一般容易。你既放我與他比箭，我不能不知好歹，再與他平比。我只要一張弓，不用箭。」博爾朮怒道：「你不用箭？」哲別道：「不錯，我一張空弓也能殺得了你！」

……哲別側過身子，眼明手快，抓住了箭尾。博爾朮暗叫一聲：「好！」又是一箭。……他腰間一扭，身子剛轉過一半，已將適才接來的箭扣上弓弦，拉弦射出，羽箭向博爾朮肚腹上射去，隨即又翻背上馬。博爾朮喝聲：「好！」覷準來箭，也是一箭射出，雙箭箭頭相撞，但餘勢不衰，斜飛出去，都插入沙地之中。鐵木真與眾人齊聲喝采……哲別縱馬急馳，突然俯身，在地下拾起了三枝羽箭……博爾朮心想……連珠箭發，嗖嗖嗖的不斷射去……哲別來不及接箭……突然噗的一聲，左肩竟自中了一箭。

眾人齊聲歡呼。博爾朮大喜……伸手往箭袋裏一抽，卻摸了個空，原來剛才一輪連珠急射，竟把鐵木真交給他的羽箭都用完了……哲別瞧得真切，嗖的一箭，響聲未歇，羽箭已中博爾朮後心……那箭頭竟是被哲別拗去了的，原來是手下留情……

鐵木真見博爾朮背上中箭，心裏一陣劇烈酸痛，待見他竟然不死，不禁大喜若狂，這時便要他將部族中成千成萬的牛羊馬匹都爭出去換博爾朮的性命，他也毫不猶豫的換了……（哲別）伸手拔下肩頭羽箭，血淋淋的搭在弓上。

這時博爾朮的部下早已呈上六袋羽箭……一陣連珠急射……哲別見來勢甚急，一個鐙裏藏身，鑽到了馬腹之下，斜眼覷準，一箭往博爾朮肚上射去……噗的一聲，插入名駒腦袋，那馬登時滾倒在地。博爾朮臥在地下，怕他追擊，反身一箭，將哲別手中硬弓的弓杆劈為兩截……更無還擊之能，心中暗暗叫苦……那箭正中哲別後頸。哲別身子一晃，摔下馬來，那箭掉在他身畔，卻原來箭頭也是拗去了的。博爾朮又抽一枝箭搭在弓上，對準了哲別，轉頭對鐵木真道：「大汗，求你開恩，饒了他罷！」

鐵木真看到這時，早已愛惜哲別神勇，叫道：「你還不投降嗎？」哲別望著鐵木真威風凜凜的神態，不禁折服傾倒，奔將過來，跪倒在地。鐵木真哈哈大笑，道：「好好，以後你跟著我罷！」

這場兩雄比箭，間髮不容，勝負之差僅在一線。作者寫這場比箭，精心之極，因為這次賽果，哲別一定要敗。因為哲別勝了，一定逃不過圍捕宰殺。但哲別如果平平凡凡的敗了，也逃不過被殺的命運，所以作者要設計得他敗得光采。怎樣才敗得光采呢？於是不得不設計他有才藝而失諸時運了。如果平手相較，哲別肯定比博爾朮出色，早就一箭把對方射死了。因為哲別除了箭法外，在文中可見，騎術也比博爾朮高出許多。哲別失了什麼時運呢？一是在強敵環伺下決戰，自己只是孤身一人，決鬥雙方、氣勢是一面倒；二是哲別有弓無箭，一上來便是挨打局面；三是哲別射中對方後心，卻是有箭無鏃，捨優勢不要，只為郭靖而饒了對方一命。

金庸設計哲別有弓無箭是最高明一著。第一，扯平了兩人均勢，第二、顯出哲別的自信和知收知好的英雄的性格；第三、增強了敵我優劣的拉鋸形勢，比箭時便更有趣味。金庸第二點高明之處是後來博爾朮也是空箭還報空箭，饒他不死，顯出他那光明磊落，敬重敵人的英雄肝膽，否則哲別的對手太平庸，這次比箭也沒有大意義。第三高明之處是結局的設計：檢點結果，哲別左肩中箭，博爾朮死一名駒，可堪扯平，而最後卻由敵人替他求饒，於是哲別投奔明主便是順理成章。設想改由哲別親口求饒，哀求依附，整個格調便大大降低，哲別也變成貪生怕死的人，那裏是英雄好漢了？

其實哲別的心悅誠服，並不是因為鐵木真的威風凜凜。戰場上那一個戰勝的將軍不是威風凜凜？哲別自己在昨日未敗之時何嘗不是威風凜凜？這個久經戰陣的驍將，豈會因一個人的外貌而折服？可知令哲別折服的其實是對手博爾朮。博爾朮欣賞哲別，哲別何嘗不欣賞博爾朮了？這樣一個可與自己並駕齊驅、技藝出眾、胸襟廣闊的英雄，也拜在鐵木真麾下，由此而推，如果鐵木真不是大英雄，何以令英雄拜服？由僕觀主，才是哲別「不禁折服傾倒」的原因！

哲別投主，不過是戰場上的小插曲。金庸筆下還有不少士飽馬騰、氣勢磅礴的場面，同書中寫鐵木真被圍，與王罕、義弟札木合破臉，寧死一戰的場面也就很悲壯；《天龍八部》中遼王出獵，為蕭峰與女真族所擒，後與蕭峰化敵為友、立盟結義寫得豪氣干雲，跌宕有致；南院楚王陡然兵變，全軍震動，風雲變色，也令人驚疑悚慄。此中情節、場面、兩軍的佈防廝殺、形勢的轉逆，在小說中再難找到能寫得這樣深刻、這樣細緻、這樣動人的作品，金庸寫戰陣的成就，他人難以比擬。

悲天憫人　滿城哀歌

戰爭所追求的，是勝利，金庸小說中對戰爭的勝利，寫得最深入的有兩場，一是《碧血劍》中闖王入京，一是「射鵰」中成吉思汗大破花剌子模。且看小說家對破人城者的描述：

袁承志等閃在一旁，只見精騎百餘前導，李自成氈笠縹衣，乘烏駁馬疾馳而來……李自成走上城頭，眼望城外，但見成千成萬部將士卒正從各處城門入城，當此之時，不由得志得意滿。闖軍見到大王，四下裏歡聲雷動。

李自成從箭袋裏取出三支箭來，扳下了箭簇，彎弓搭箭，將三箭射下城去，大聲說道：「眾將官兵士聽著，入城之後，有人妄自殺傷百姓、姦淫擄掠的，一概斬首，決不寬容！」城下十餘萬兵將齊聲大呼：「遵奉大王號令！大王萬歲、萬歲、萬萬歲！」

袁承志仰望李自成神威凜凜的模樣，心下欽佩之極……李自成下得城頭，換了一匹馬，在眾人擁衛下走向承天門……彎弓搭箭，嗖的一聲，羽箭飛出，正中「天」字之下。他膂力強勁，這一箭直插入城牆，眾人又是一陣歡呼。來到德勝門時，太監王德化率領了三百餘名內監伏地迎接。李自成投鞭大笑……

破城自有破城之樂。這段寫李自成終於破城入京，貴為天子，意氣風發，顧盼自豪，餘人也是喜氣洋洋，迎接新的命運……

戰勝者得為新主，自然喜氣洋洋，但戰敗者又如何呢？金庸對戰敗者的描述，比戰勝者深刻何止十倍？闖軍進城不久，姦淫擄掠，無法無天。但比諸鐵木真破花剌子模屠城之災，其震撼力猶有不如，教人看得驚心動魄，暈眩嘔吐。

郭靖正欲說出辭婚之事，忽聽得遠處傳來成千成萬人的哭叫呼喊之聲，震天撼地，驚心動魄。殿上諸將盡皆躍起……一出城門，只見數十萬百姓奔逃哭叫，推擁滾撲，蒙古兵將乘馬來回奔馳，手舞長刀，向人群砍殺……撒麻爾罕居民此時才知大難臨頭，有的欲圖抵抗，當場被長刀長矛格斃。蒙古軍十幾個千人隊齊聲吶喊，向人叢衝去，舉起長刀，不分男女老幼的亂砍。這一場屠殺當真是慘絕人寰，自白髮蒼蒼的老翁，以至未離母親懷抱的嬰兒，無一得以倖免。

當成吉思汗率領諸將前來察看時，早已有十餘萬人命喪當地，四下裏血肉横飛，蒙古馬的鐵蹄踏著遍地屍首，來去屠戮……成吉思汗手一擺，喝道：「盡數殺光，一個也不留。」郭靖不敢再說，只見一個七八歲的孩子從人叢中逃了出來，撲在一個被戰馬撞倒的女子身上，大叫：「媽媽！」一名蒙古兵疾衝而過，長刀揮處，母子兩人斬為四段。那孩子的雙手尚自牢牢抱著母親。……

金庸以細膩近鏡頭筆法，寫出戰場上戰敗者悲慘命運，淒厲無倫，人性泯滅，不忍卒睹。當此時也，生而為人何其不幸？何其無辜？金庸對戰爭場面的描述的逼真，絲絲入扣，不單是寫出軍人豪勇、沙場上的耀武揚威，還有他那反戰精神，才使他那戰陣的描述，躍進登峰的境界。自「書劍」開始，每有戰役的描述，總是以旁筆伏下戰爭殘酷、生靈塗炭之悲，將反戰精神放在第一，以兩軍對壘，輕啟戰端，期期不可。且看《碧血劍》中，寫兵燹過後，滿目蒼涼：

李巖道：「兄弟，大王雖已有疑我之意，但為臣盡忠、為友盡義，我終不能眼見大王大業敗壞，閉口不言。你卻不用在朝中受氣了。」……兩人又攜手走了一陣，只見西北角上火光沖天而起，料是闖軍又在焚燒民居。李巖與袁承志這幾天來見得多了，相對搖頭歎息。暮靄蒼茫之中，忽聽得前面小巷中有人咿咿呀呀的拉著胡琴，一個蒼老嘶啞的聲音唱了起來：……他一面唱，一面漫步走過李巖與袁承志身邊，轉入了另一條小巷之中，歌聲漸漸遠去，說不盡的悽惶蒼涼。

這一段寫戰役蒼涼，就是反戰呼聲，「射鵰」卷末寫成吉思汗之死，也是畫龍點睛的反戰之作。金國使者獻上明珠千顆，求息干戈，成吉思汗親手接過，連盤帶珠，摔在草原上，縱聲長歎：「縱有明珠千顆，亦難讓我多活一日！」鐵馬縱橫，所得者何？

金庸反戰精神，實有跡可尋，他的筆墨，並非義正嚴詞、大聲疾呼的，而是疏筆淡墨、細水長流，慢慢匯成長河巨浪，波濤澎湃地打入讀者心坎之中。「書劍」中說乾隆窮兵黷武，兆惠大軍欺壓善良少數民族，自招其辱；《碧血劍》中李巖夫婦自殺收場，蒼涼無奈；「射鵰」中郭靖寧棄辭婚之請，懇求鐵木真收回屠城之令、丘處機苦口婆心，勸鐵木真止息干戈；《天龍八部》中慕容氏的醜惡，是欲再啟戰端，重奪山河，置黎民不顧、蕭峰之名列英雄榜首，乃以一己身死，阻遼漢大戰，令遼王耶律洪基悵然而歸；《鹿鼎記》中清室少主康熙之仁和，在視兵乃不祥之器，非不得已而用之，在在指出戰爭之可怕可厭。

金庸在《袁崇煥評傳》楔子中說：

> 在那個時代中，人人都遭到了在太平年月中所無法想像的苦難。在山東的大饑荒中，丈夫吃了妻子的屍體，母親吃了兒子的屍體。那是小人物的悲劇，他們心中的悲痛，一點也不會比英雄們輕。不過小人物只是默默的忍受，英雄們卻勇敢地奮戰一場，在歷史上留下了痕跡。英雄的尊嚴與偉烈，經過了無數時日之後，仍在後人心中激起波瀾。

戰爭肯定會帶來英雄，但也帶來了大人物、小人物、忠烈之士和奸宄邪惡之徒的大悲劇。沙場上耀武揚威之士的背後，往往製造了比他們大上千千萬萬倍的人間苦難！

第六章　蛙蛤大戰無疾而終——論新舊版之別

說武俠小說可以列入文學作品之列，或者說不可以列入文學作品之列，都屬於想一棍打死一船人的論調。這等如討論馬是否都可以被人騎一樣。

馬又為什麼不可以被人騎了？馬當然可以被人騎。但許多時候，馬便不能被人騎。例如黑馬白馬、大馬小馬都可以被人騎；但陶馬、木馬、病馬、死馬、紙馬、畫出來的馬便不能被人騎。能不能被人騎不在於是否是馬的名字，而在它的實質。可否列入文學作品應不在於它是否武俠小說，而在小說的實質。

文學作品　武俠小說

要談文學作品，必先談文學。

什麼是文學，這個課題很大。例如很多人覺得詩詞是文學，但是詩歌是不是文學呢？對於文學的定義，辭典有這樣的解釋：文學，廣義泛指一切思想之表現，而以文字記敘者；狹義則專指偏重想像及感情的藝術作品。從廣義而言，文字作品即文學作品；從狹義而言，藝術作品便是文學作品。又什麼是藝術作品了？它的定界怎樣？看來我們的問題會愈扯愈遠。

筆者倒不如有一個提議：就是對人性、對生命的感受，有深刻的描述，而文字優美的作品，都可目之為文學作品。文學作品所追求的是感染力，而非追求真偽的分辨、善惡的批判——雖然，成功的作品往往是多方面的探討，然而我們著重的還是感染力而非描述的內容（不同內涵）。

武俠小說可否列為文學作品？依上面的看法，有些可以列入文學作品，有些不能列入文學作品。金庸的小說可否列入文學作品呢？答案也是一樣，有些可以列入，有些未必能列入。端視作品的描述方向、深刻與否而定。

《天龍八部》肯定可以列入文學作品之列。即使現代人不接納，筆者深信將來的文學批評家終會接納。《鴛鴦刀》也是金庸的作品，但總以為難以與《天龍八部》並列。

同意這種說法，便不會再為武俠小說是否文學作品，和金庸的小說是否文學作品與人吵得臉紅耳熱。本書專談金庸作品，認為金庸每一部小說，都是成功的作品，成功的地方，是都能吸引讀者，向讀者展示更廣闊、更迷人的天地。這種說法，想來當無異議。

增刪未善　翻譯可行

金庸小說，成就有目共睹，許多讀者讀完之後，都會希望將之翻譯成外國文字，讓外國讀者欣賞，黃臉孔的中國人，也好沾沾光。可惜的是，二十多年來，仍沒有人推廣這樣有意義的工作，使之在世界文壇上更佔一席位。金庸筆下小說，其精美之處肯定是刻劃時代的作品，會是未來研究我們這一個時代文學作品的重要材料。而其光芒，亦肯定不止普照中華，或遲或早，一定驚動世界文壇。沒有譯作外文，實在是件十分可惜的事[1]。

對於譯述金庸小說作品，倪匡先生在他的大作《三看金庸小說》中，已有詳盡的論述。結論是個「難」字——難以有原著的神髓。只提議可以翻譯成其他東方文字開始，例如日本文。但沈西城先生卻說曾委託一個日本教授去譯成日文，結果有心無力，倒不如不譯（見《諸子百家看金庸》第二輯）。一言以蔽之，他們對譯述的看法，感到十分消極。

但筆者卻持相反的意見。譯述工作不是一件輕鬆的事，譯得好便更難了。但何以外國的名著可以譯成中文，一樣深入人心，一樣可以啟迪我們的思想，激蕩我們的感情？而中國人的好作品，卻不能產生同樣的效果？如果說中國的翻譯專家特佳，未免目光如豆，太看不起人家。問題的癥結是我們能否找到第一流的翻譯家。要將外語譯得的當，在翻譯世界的規則中，多數人都同意是找母語的翻譯者。

我們要將中文小說譯成英文，當然要找精通中英文的人士，但更要找以說英語為母語的人翻譯。如果譯成法文，同理是找既懂（精）中文，又以法語為母語者翻譯。其次翻譯是門專門的學問，某科的教授，如果不是翻譯專才，一身的學問也許用不著，故而知難而退。

說金庸的作品未必譯得原著神髓。這是我們對小說的珍愛，過分的擔心。其實金庸的小說早就譯成外文，而且亦如中文本一樣，風靡讀者，使其如癡如醉了。

例如在東南亞，聽說早已譯成泰文、緬甸文，據廖建裕先生的報導，金庸的小說，譯成印尼文的有《碧血劍》、《射鵰英雄傳》、《神鵰俠侶》、《飛狐外傳》、《倚天屠龍記》、《天龍八部》、《白馬嘯西風》、《素心劍》、《笑傲江湖》、《俠客行》及《鹿鼎記》。名單也差不多了。並說「在翻譯打鬥招式時，譯者也將招式音譯，然後加以解釋」，而「土生華人以及印尼土著讀者都很欣賞」。可見將金庸的小說，翻譯成外文，不應擔憂譯得好不好，只要有開始，總會有譯得好的譯作出現。

對於譯述問題，總以為應由金庸先生主動展開最適當。在文化圈子中，誰比這位「武林盟主」更有財力、物力、主權去辦這件事呢？如果真的實行，倒提議先譯《書劍恩仇錄》作試金石。第一、這小說故事側重情節的設計，兼且極具東方色彩：有興盛的皇朝、深厚中原文化的

1《金庸小說十談》原文撰作於一九八六年脫稿。先在台灣出版。一九八八年底才在香港出版。當時金庸小說未有大量譯本，故有此言。至今金庸作品已出現不少各國文字譯本，甚而有日語、韓語，尤其英語譯本甚得重視。

人物、回族異域的風俗、英雄美人的哀豔故事。而歷史背景也極明顯，看得外國讀者翻翻尋尋，引經考據，的是奇趣無窮。其次提議要譯的是《天龍八部》。「天龍」內容紛雜，但著重人性的描述，而人性是共通的，無古今中外之分，「天龍」中人性的啟示、哲理的剖陳，亦是較易賺取外國讀者共鳴的因素。如果外國讀者稍為有耐心欣賞的話，一定也會歎為觀止。

金庸對原版小說的增刪改寫，是另一最值得討論的話題。

金庸小說之引人入勝，鋪陳之佳，皆因善於運用手上兩枝妙筆：一是伏筆，一是神來之筆。

伏筆是早有伏線的。伏線出現時，毫不起眼，極容易忽視、忽略。到後來點題的時候，才如夢初醒，恍然大悟，怪自己太大意，竟然想不到。如北喬峰、南慕容兩人之父，原來都裝死。隱藏身分行事，最後揭開真相，就有恍然大悟之感。《天龍》中伏筆最多，可曾想到阿朱為什麼會精於易容術了？何以全書再沒有其他的人精於易容術而偏偏阿朱會？又如此精到？何以除了他人的容貌、舉止，連聲音也可以模仿得別人一模一樣？而且仿一人，像一人。在現實生活中，恐怕全世界也找不到這樣的人物。

阿朱不精於易容術，就不會替蕭峰追查真兇，不會精於扮白世鏡而探得大惡人，也不會最後代父接了蕭峰一掌。阿朱若不精於此術，蕭峰當然認出這個是日夕相伴、形影不離的阿朱姑娘。這雷霆一掌，説什麼也不會劈下去。蕭峰不殺阿朱，整部小説的張力便鬆散了。《天龍八部》的逼力也弱了許多。阿朱懂易容術，可見是作者使她死在蕭峰掌下的伏線。

阿紫愛上姊夫的伏筆是突然射他一枚奪命針，取他性命。寫來不著痕跡巧妙之至，而又合情合理。

與伏筆互相輝映的，是神來之筆。神來之筆平地風波，絕無先兆。如晴天霹靂，在平穩寧靜環境中，陡地捲起風濤，使人頓然失驚錯落。如《鹿鼎記》中沉默寡言、武藝高強的風際中，真正的身分原來是皇帝的密探。真相未露，但感無甚特別，未覺其險，揭開真相，方失聲驚歎，又覺合情合理。所以金庸神來妙筆之力，絕不在伏筆之下。

《碧血劍》原版之中，接近尾聲的時候，突然走出一個臉如冠玉、武藝高強、行為淫邪的道人，跑到華山之巔撒野。連敗華山高手，連何鐵手也被他手到擒來。眾人驚疑莫定，怎地世上那裏鑽來了這樣一個邪派高手？原來他是木桑道人師弟玉真子，為人慓悍邪戾，結果敗在袁承志手底。華山派眾徒子徒孫在參見祖師穆人清之前，人人捏出一額冷汗。原來玉真子自出現至身亡，不過一頓飯時間，但掀起波濤，不遜書中任何事變，端的神來之筆，神采四射。

但金庸將原版刪改，寫玉真子早在盛京與袁承志較技落敗，抹去神來之筆的華采。改版後寫師兄木桑道人對玉真子的情感，又見曖昧浮離，既不合上文情節發展，也不合木桑一貫個性。見諸他師兄弟二人的對話：

木桑鐵青了臉，森然問道：「你到這裏來幹什麼？」玉真子笑道：「我來找人，要跟華山派一個姓袁的少年算一筆帳，乘便還要收三個女徒弟。」

木桑皺了眉頭道：「十多年來，脾氣竟是一點不改麼？快快下山去吧。」玉真子哼了一聲道：「當年師父也不管我，倒要師哥費起心來啦！」木桑道：「你自己想想，這些年來做了多少傷天害理之事……」木桑道：「華山派跟你河水不犯井水，你把他們門下弟子傷成這樣。穆師兄回來，教我如何交代？」

玉真子嘿嘿一陣冷笑，說道：「這些年來，誰不知我跟你早已情斷義絕……」木桑向鐵劍凝視半晌，臉上登時變色……恭恭敬敬的向玉真子拜倒磕頭。（任由宰割）

上文所見，木桑是在教訓師弟，亦是維護師弟。但究竟他們的交誼是不是這樣呢？原版木桑對這個師弟又恨又怕。為了他，連門人也不敢收。見之也唯恐避之不及。怎會對他說出這樣一番「勸勉」的話來？而且木桑道人見玉真子將華山派眾徒打得落花流水，一個個倒地不起；對人家美貌的女徒，輕佻淫猥，竟然無動於衷。木桑道人老於江湖，可知來者不善，善者不來，說什麼也不會有這樣幼稚的言語行為。這就是刪改原版後所見，幾疑由另一人代作者刪改。

原版之中，未有如此婆媽的場面。如今盡去原版玉真子這個煞星陡然而至的神來之筆。總括一句，不改勝於刪改，原版勝於新版。《碧血劍》後記云：《碧血劍》曾作了兩次頗大的修改，增加了五分之一左右的篇幅，修訂的心力，在這部書上付出最多。

依金庸看來，當然修訂後比修訂前好，否則何必動筆？但讀者卻未必同意。記憶之中，《書劍》亦有不少改動。有三處至為明顯。

一是張召重闖鐵膽莊，以西洋千里鏡騙得周仲英幼子說出文泰來藏身之所。現版改為張以語言相激，周子脫口而出，揭露文泰來藏身之處；二是周仲英殺子以謝紅花會。現版改寫周仲英怒極責子而誤傷其性命；三是陳家洛夜探撫台衙門，偵查日間西湖相遇之東方耳身世，原來竟是當今皇帝。見到浙江布政司尹章垓叩見乾隆，正解釋征討回疆的糧餉何以徵調不及，復勸乾隆偃兵罷武。乾隆待尹退後，即示意貼身侍衛白振就在屋外把他用重手震死。如今刪去殺尹一節。

就三者而論，只有周仲英殺子一節改得較好。雖然減少震悚性，但更合乎情理。至於張召重用言語相激稚童，比較枯淡無味。試想以西洋鏡騙周英傑，既寫出周英傑之童心好奇，禁不住引誘，亦帶出當時西洋巧物傳入中國的時代特色，這個構思比後來的高明。誰料竟棄而不用。

至於寫乾隆言談之間殺大臣，讀來驚悚兀突。對乾隆運用權術之精、決斷之狠，寡恩無情的性格，寫得突出之至。筆者二十多年前讀到這個場面，至今印象歷久猶新，可見作者之功力。但新版又將之刪去，大大削弱小說的震撼力。猜想作者不想將乾隆性格寫得過分負面，但書中乾隆，不過小說人物，小說始終是小說。乾隆是否真的做過這件事，讀小說不會有深究的價值，原版的寫法也不會傷害乾隆，但刪去這一節，無疑失色許多。（作者在《鹿鼎記》後記中說：小說的主要任務之一是創造人物。好人、壞人、有缺點的好人、有優點的壞人，都可以寫。這點筆者非常同意。）

金庸在情節、人物的表現中愛刪愛改，小說的開場也愛刪改。

在「射鵰」中，開場新版和原版完全不同。「射鵰」原版一開場便是丘處機雪夜遇楊鐵心、郭嘯天，先誤會而成摯友。隨而突然殺盡來襲黑衣人，一步一步引出江南七怪。開場詭異懸疑，波濤陡現，而又柳暗花明，迴峰路轉，教人無從喘息，惹人追讀。但一改之後，開場是張十五說書，腐酸之氣盈於篇章。寫曲靈風盜寶，更屬蛇筆。曲之現身，神貌平庸，性格平板，反不及原版有其人而不見其身之清靈可鑑。而最重要的，是失去了小說一貫開場的懾人氣勢，波瀾起伏的美妙。平情而論，如果最初面世的「射鵰」是新版的開場寫法，恐怕會流失了一批不耐煩的讀者。（「射鵰」最初見於報刊，讀者每日追讀，不夠吸引便不讀。）

《倚天屠龍記》的開場，也作了相當大幅度的修改。開場不久是寫俞岱巖路遇鹽梟，捲入爭奪屠龍刀的漩渦。這一段極盡奇詭，如驚濤拍岸，鬼氣森森。論金庸筆下，寫驚疑莫測的以此段為最。但刪改之後，新版之中，無復這種萬鈞待發，屏息以觀的氣勢。

「倚天」開卷不久，謝遜硬闖王盤山奪刀揚威，持刀連斃各派高手，勢道奇雄，技壓全場，群雄噤若寒蟬。張翠山格禁形勢，逼於無奈與之文辯，但被謝遜引〈盜蹠篇〉、〈汲塚書〉、〈思慎賦〉等文章以及一些史實，將之一一駁倒，啞口無言。但在改寫之後，全部刪去。這一大段可啟發讀者心思的文字，隱於無形，也實在可惜。

至於謝遜的現身，新版和原版有這樣的分別。

新版：

眾人吃了一驚，只見大樹後緩步走出一個人來。那人身材魁偉異常，滿頭黃髮，散披肩頭，眼睛碧油油的發光，手中拿著一根一丈六七尺長的兩頭狼牙棒，在筵前這麼一站，威風凜凜，真如天神天將一般。

張翠山暗自尋思……可沒聽師父說起過。白龜壽上前說道……

原版：

眾人這一驚當真非同小可，殷素素「啊」的一聲叫，情不自禁奔到張翠山身旁。只見那人身材魁偉異常，比常人足足高出一尺，肩膀也要闊出一尺，滿頭黃髮，散披肩頭，眼睛綠油油的發光，手中拿著一個一丈七八尺長的兩頭狼牙棒，在這筵前一站，威風凜凜，真如天神天將一般。張翠山暗自尋思：「……『金毛獅王』？這諢號自是因他滿頭黃髮而來了，他是誰啊？可沒聽師父說起過。」

再看這金毛獅王時，只見他身穿一件百獸獸皮所縫綴而成的長袍。這長袍上有虎皮、豹皮、野牛皮、鹿皮、熊皮、狼皮、狐皮。雖然東一塊、西一塊，但手工精細，乃是高人手匠所為，諸般獸皮中，就是沒有獅皮，想是他自稱「金毛獅王」，對獅子自是極為尊重了……眾人見了他這股神態，誰都不敢說話。白龜壽鼓著勇氣，上前數步，說道……

從上文兩版本並列，可見原版謝遜近乎一個獨居的野人，新版則脫去野人色彩；但原版反而寫得細緻，充滿野人色彩的謝遜性格更見粗野，但沒有破壞他應有的形象，比較之下，新版刪去了一大段，便見粗略。

紅鳥蛙蛤　無疾而終

金庸成名於《射鵰英雄傳》，但在新版中，精采之處卻被刪去不少，可觀之處，似乎應打上七八折。南琴沒有了，連替南琴（原版楊過生母）捕蛇，那極可愛的小血鳥也沒有了。真是只看得新版的讀者一大損失。原版中的小血鳥是毒蛇的剋星，神異通靈，萬分可愛。下段全被刪去：

那蛇奴首領只道郭靖解了制蛇之法，急吹木哨，要驅蛇逃去。但覺香氣愈激，來自上空。一抬頭，猛見一團火光從空撲至，迅速無倫，落在身前，那人嚇了一跳，急忙躍開，定神一看，那裏是火，竟是一隻全身血紅的鳥兒。

郭靖見這紅鳥模樣可愛，竟無半根雜毛，月光下她一雙眼珠就如珊瑚一般，也是紅的，兼之身上芳香無比……血鳥咕的一聲，蛇陣中出來四條大蛇，遊到血鳥身前，翻過身子，肚腹朝上……血鳥連啄四啄，將蛇膽吞入肚中。

……

只瞧那血鳥在火焰中翻滾。那鳥滾了一會，火光漸弱，牠又去銜些枝葉添在火裏，待火旺了，再展翅在火上燒炙，羽翼非但絲毫無損，經火一炙，更是熀熀生光……次日醒來……只見竹籠已被血鳥啄破，那鳥卻昂然站在桌上，並不逃走……又見那竹籠的每根竹條都被咬成兩截。顯然是那鳥逞威示武，意思說：我自己不愛走就是，這小小竹籠豈能關得我住？

這隻美麗通靈可愛的小血鳥，在《神鵰俠侶》中還有出現，啄去李莫愁一目，慘被李莫愁打死。可惜作者大筆一揮，這隻金庸筆下最可愛的異物，在「射鵰」、「神鵰」之中，便消失得無影無蹤了。

在《射鵰英雄傳》中是主場戲之一，極精采、極匪夷所思的動物大戰也刪去了。新版中翻閱了幾遍也找不到那令人眼界大開，令人看得眉飛色舞、嘖嘖稱奇的蛙蛤大戰，極為失望。幸好不久前蒙彭鎮華兄以數冊原版相贈（亦不齊全），蛙蛤決鬥又幸在其中，喜不自勝。特引數行文字以饗未睹原版的讀者，看看此段應否刪去。

群蛤奉蛤王之命，連叫三次，然後鴉雀無聲的各自蹲著。只聽得東邊一塊大石後面清清脆脆的叫了一聲，一隻小青蛙跳了出來……

小青蛙得到勝利，閣閣閣叫了三聲，轉身欲走，突然蛤群中躍出六隻大蛤，聲勢洶洶的急追過來……六蛤追了兩三丈路……田塍下突然躍出一隊大青蛙……片刻之間，六蛤被群蛙圍住咬死，後面雖有成千成萬隻蛤蟆，不知怎的，竟不上來救援……原來有成千成萬隻青蛙列隊不動……只聽那蛤王閣閣叫了兩聲，一隊百餘隻蛤蟆蠭湧過去，小溪中立時也有一隊青蛙上前抵敵……過不多時田塍上屍横遍地，雙方都已有數十隻死亡……大隊蛤蟆結成方陣，衝殺過來……眾蛙見形勢不對，立即布成一個圓形……但每一隻蛤蟆躍起，必然有一隻青蛙同時竄高，對準那蛤蟆在空中一撞，一齊落下。蛤蟆始終闖不進圓陣之內……群蛤以身子相迭，築成了四個高約兩三尺的高台，向圓陣中飛去……大蛤一入圓陣中心，群蛙首尾受敵，立時死亡枕藉。

……

原來青蛙派出隊伍，向蛤蟆後軍迂回進襲……那蛤王更是勇悍絕倫，一口一隻，轉眼之間咬死十餘大蛙……群蛤乘勝追逐……蛙蛤戰場移動，眾人隨著觀看……只見蛙陣主力退在一口大池塘之邊負隅力戰……蛤蟆不善游水……水上相鬥，蛤蟆必落下風，一隻隻面腹朝天，死在水中。

原文長約三千餘字，現只撮引其要，已可見其精采，蛙蛤雙方決鬥，就如兩軍大戰，先有斥堠，又有誘敵。有前哨接觸，又有陣法對壘。有佯敗，有奮拼。戰情有起有落，有急有緩。破敵者貪勝不知收，乘勝冒進，迫得群蛙背水而戰，及得地利之助，先敗後勝，將對方消滅。戰情幻變，描述出色。

蛤蛙當然不會像人一樣思想，但蛙群蛤群之戰，筆者亦嘗在新聞中讀過，當然沒有這裏描寫的神奇和有層次，但戰後也是屍骸遍野，極之慘烈。我們讀武俠小説，其一的作用是擴闊目光，增展思域，作者將這段奇景刪去，無疑又是讀者一大損失。

上列許多例子，其實不過説明一句話：新版不及原版；未改勝於刪改。這種感覺不獨筆者為然，老金庸迷差不多都有此感受[2]。筆者除了對刪改後內容不滿外，連刪改後的回目也不滿意。《天龍八部》回目中有「青衫磊落險峰行」，是説什麼情節的？原來是第一回「無量玉璧」，是無量派東宗、西宗相爭之事。第十回「劍氣碧煙橫」是説什麼？看回目摸不著頭腦。原來是鳩摩智以火焰刀，力戰天龍寺枯榮大師的六脈神劍。這樣一改，目錄盡失眉目之效，倒像故弄玄虛似的。[3]

許多人以為讀金庸小說，有極大的享受。大致上沒有說錯，但對只看新版的讀者而言，他應有閱讀享受早已因刪改而打了八折。金庸刪改的幅度，相信不低於二成之譜。而改得最好的只有兩個字，就是把王玉燕改成王語嫣的「語嫣」兩個字。「玉燕」太平凡了，而「語嫣不詳」，別具天姿，切合主人仙霧迷漫般的身分。

金庸刪改原版，相信減去神異色彩而增加可信性是其一準則；刪改至適合字數、頁數、書本厚度是其二。前者的猜想是金庸自一九七〇年一月封筆以來再沒有創作小說。刪改作品功夫從一九七〇年三月至一九八〇年中，總共花了十年。十年之中，社評卻天天寫。寫社評要客觀而踏實，重精簡棄冗長，創作小說要奇思而多情，要細緻而不嫌繁密。這十年刪改期間，亦多了十年的參悟，對奇幻的想法一步一步的遠離了，故刪筆尺度，務求不過於神異而求可信性。

其次金庸刪改計畫要配合出版三十六冊，書冊厚度不能相差太大，於是將視為冗長者刪去。（見何禮傑先之〈金庸對話錄〉中引金庸的一段說話：「全集共三十六冊，現已印好了五冊，由於我（金庸）對於校對、印刷方面力求嚴格，因此出版時間較長，全部完成將花三年多

2　關於金庸小說新舊版孰優孰劣，筆者於二〇一一年出版之《金庸小說與文學》有專章論之甚詳。而今視之，新舊版各有優劣之處，不宜一句定調。

3　筆者當日對金庸改了《天龍八部》回目不滿，隔了許多年才知道串聯此書回目，是金庸自撰詞作。

的時間。」又「事情是這樣的；由於《碧血劍》我改得很多，定稿時全集共有六百多頁，別的集子通常每集約四百頁，但《碧血劍》倘只出一冊似乎過厚。」——答《碧血劍》書後附《袁崇煥評傳》之因。上文記錄於一九七五年八月二十六日。）

如果真是這個理由，重形式規格而輕內容，頗有削足就履之歎。至於追求描述的可能性，當然不錯，但因可能性高了，趣味性相應降低是否得不償失呢？書中只見合理而不見凌銳，只見周全而不見突拙，只見伏筆而不見神來之筆，這是金庸迷最不樂見的事。小說究竟追求的是感染力、震撼力，使人難忘、感動，而非追求合理性。金庸小說宜小修不宜大改。兩相比較，原版神采標異，新版草陋平穩。不知就裏的人，還以為新舊版的次序倒置了。站在讀者立場，當然希望新版原版同時發行，讓讀者自行選購。大作家如金庸，竟然做了一件令人莫名其妙的事。

第七章　紅花諸俠與水滸英雄——論金著與古典小說

頗有履跡可尋。

金庸熟讀前人武俠名著、西洋小說和中國傳統小說，坦言曾受影響，筆者試為臆度，亦見

金庸的武俠小說，直覺上感到與傳統小說最接近的是《水滸傳》。第一部創作小說《書劍恩仇錄》，便同是英雄好漢齊心合力對抗官兵的故事。紅花十四俠英雄排次的描述，總有《水滸傳》各路英雄好漢排名次的感覺。「書劍」中紅花會第二號人物無塵道長，便和梁山泊三號人物吳用頗有相似之處。同樣都是有才幹而無霸氣，是個極出色的最佳副手。玉麒麟盧俊義和趙半山，都是前列人物，造型上也頗相似。盧俊義是個鄉紳式領袖，團團富厚，穩重優悠。趙半山也是豐厚優容、祥和雍泰的健者。兩人都無過烈言行。「書劍」的四爺是文泰來，外號「奔雷手」，雄武剛勁，恰好與林沖高強武藝旗鼓相當。

水滸三國　蜀山紅樓

其實「書劍」內容與「水滸」相似不多，只不過是抗君府和幾個人物造型的近似。後來的發展，見不到與「水滸」什麼相干，不過《水滸傳》這部傳統名著，肯定會影響金庸寫作的構思。

《水滸傳》的特色是著重人物的表達，公認是寫人物寫得最好的一本傳統小說。書中把刻劃人物的性格，放在首要地位。金庸也曾多次表示，在他的創作中，最重視人物的表現。不過，尚有相近之處未有提及，就是《水滸傳》的結構特色。

《水滸傳》是部完整的小說。但小說的前半部卻有許多獨立的故事，是許多個逼上梁山的英雄傳記，每個故事是自成體系的，到起義的發生，以至失敗的敘述，才匯成一線，將各獨立故事聯繫起來，而成《水滸傳》一書。金庸在力作《天龍八部》中，明顯地也是用這個結構的形式；「天龍」的主要故事，其實是段譽、蕭峰和虛竹三個人的故事，相連之處不大，都可以獨立成一篇的。金庸技巧地再將大理段氏帝位之爭、段正淳到處留情和丁春秋師門的恩恩怨怨的故事聯繫起來，而成一本剖道人心際遇的巨著。

《水滸傳》有許多地方以個人的命運為故事發展線索，金庸小說更多採用這種形式發展故事。楊過的成長、虛竹命運的突變、韋小寶的奇遇等等，莫不如是。兩者所描述的命運都同是帶有豐富的傳奇色彩。

《三國演義》的人物素描，比《水滸傳》略有遜色，但「三國」之中卻另有姿采是「水滸」不能及的，那是佈局的縱橫開闔，頭緒紛繁而脈絡分明。它把百多年的歷史，有條不紊組織起來。但《三國演義》是小說而不是歷史，作者雖然說的是歷史人物，但並非忠於歷史人物。書中歷史人物更是按作者想像、理解而為故事的發展而改寫的，歷史也變成了充實故事內容的材料。小說人物的思想、性格會背離了真實人物的思想性格而豐潤了小說的內容。

金庸的長篇小說結構的氣魄也很大，頭緒紛繁仍不失脈絡，這是他寫作功力，未必受「三國」的影響，但故事之取材歷史的歷史人物，又將之潤色改寫，以求更適合故事的發展，很難說沒有受《三國演義》的啟示。創造人物不如「借用」人物，借用人物後將之整治打扮，才能收到出場後應有的效果。歷史上現成人物多的是，「借用」人物實在是好辦法。更進而一步的，是金庸將創造人物生存於歷史空隙之中，使得他的小說更踏實、更入情入理、更可信。

即以《鹿鼎記》為例，讀者可能回憶書中康熙和吳三桂的形象，說沒有歪曲事實，但鄭克塽呢？是否這樣膿包誤事？吳應熊呢？是否這樣矯矯不群而又生不逢時？最後連卯子也沒有了？陳近南確有其人，但是否有這樣高深莫測的武功？馮錫範呢？是否這樣奸險可憎了？（馮氏後人看到《鹿鼎記》的話，可能要抗議。）除了歷史人物活躍於金庸筆下之外，歷史事例也不少；闖王進北京，張三丰傳太極拳，漢人和遼人、蒙古人相鬥……都一一成了金庸筆下的素材，一如《三國演義》。善用歷史素材、歷史人物，寫入創作小說而寫得引起這樣廣大的共鳴，近代作家之中，金庸應名列第一。

金庸有沒有受中國第一小說《紅樓夢》影響呢？直接的證據恐怕不多，但很難說沒有。《紅樓夢》是熱愛小說者從不忽略的小說。金庸一定曾經仔細地好好讀過。對於他的創作路程，一定會有影響。在一九六九年的一次訪問中（見《諸子百家看金庸》第三輯）有這樣的談話紀錄：

金庸：在寫《書劍恩仇錄》之前，我的確從未寫過任何小說……有時不知怎樣寫好，不知不覺，就會模仿人家。模仿《紅樓夢》的地方也有，模仿《水滸傳》的也有。我想你一定看到，陳家洛的丫頭餵他吃東西，就是抄《紅樓夢》的。你（林以亮）是研究《紅樓夢》的專家，一定會說抄得不好。

模仿是學習的必然階段。誰沒有經過模仿的階段呢？模仿亦有不同的方向，《紅樓夢》絕非以素材見長。《紅樓夢》中世道人心的描述，每個人恰如其分的談吐，融和情節環境描寫與心理描述，相信對金庸的影響更大（金庸愈後期的作品，愈逼近這個目標）。這種揣測是否屬實，恐怕沒有十分肯定的答案。不過這些高明的寫作技巧，是每一個想接近成功的作家，從不忽略的學習的目標。例如金庸在刪改版中，竟出現了蘇州語和廣州話，以配合書中人的背景身分，可見對書中人談吐的重視。

只見一隻筏子站起來一條大漢，把手擺了一擺。平旺先道：「你是啞巴。」那人（蔣四根）道：「丟那媽，上就上，唔上就唔上喇，你地班契弟，費事理你咁多。」他一口廣東話別人絲毫不懂，平旺先不再理會……。

——《書劍恩仇錄》第五回

阿碧微笑道：「兩位大爺來啊來到蘇州哉，倘若無不啥要緊事體，介末請到敝處喝杯清茶，吃點點心。勿要看這隻船小，再坐幾個人也勿會沉格。」她輕輕划動小舟，來到柳樹之下……。

——《天龍八部》第十一回

不喜歡武俠小說的人，最常輕蔑地詆毀武俠小說的話是：武俠小說太神怪。沒錯，許多武俠小說都十分神怪。金庸的小說也有神怪成分。但同是神怪，在程度上卻有許多等級的分別。一些神怪的地方讀者會不以為然，一些卻容易接受。以金著為例：內力注轉是神怪（北斗陣法）；聲波作武器是神怪（桃花島東邪西毒北丐的相鬥）；返老還童，一日等於一年的回長也是神怪（天山童姥），但大致上多為讀者接受。雖然是無稽之談，但說得煞有介事，有前因，又有後果，讀者多感其奇異，不感其怪誕。故筆者目之為神異，而非神怪。

說到神異神怪，自然想起中國最負盛名的傳統小說《西遊記》。《西遊記》神怪之中另有意義，早有專家學者評論，因與本文無關，不贅。不過，《西遊記》對金庸的小說有沒有影響呢？依筆者看來，影響地方不大。對金庸小說中神怪色彩有影響的，相信反而是還珠樓主的《蜀山劍俠傳》（在一些訪問中金庸也曾說受還珠樓主的影響）。早在第一次看「射鵰」的時候，便有同學說金庸是「學」還珠樓主的，當時十分好奇，金庸竟然還有師傅？（其實誰人無師承？）直至近年，買得一整套《蜀山劍俠傳》看看，「射鵰」中神異的類型和《蜀山》有接近的地方。但如果要說「學」，則只有說是青出於藍而勝於藍。

金庸的小說，除了文字比「蜀山」流麗許多之外，結構也更見肌理，神異之處又是適可而止。「蜀山」是部奇書，許多奇怪的念頭，虧作者想得出來，但脫離自然現象太遠，要從另一種角度來看才易接受。金庸比他聰明得多，他對神異的描寫，常用移花接木的手法混蒙過去，比較使人容易接受。還珠樓主最喜歡說「劍身合一」，劍俠與劍化成一道青光飛走，劍俠又會放法寶，法寶又在天空大戰一番。作者想像奔放而讀者難於追隨。譬如說我們要繪一個天使，天使雙翼可以繪成白鴿翼，繪成老鷹翼也可以，但繪成蜻蜓翼、蝙蝠翼便不能接受。其實又誰真正見過天使的雙翼了？憑什麼說天使不是蜻蜓翼？在創作上，可見有沒有道理是一回事，人家接受不接受又是另一回事。

「射鵰」中蛙蛤大戰（現版刪去，事實上民間確發生過。）是一種異象奇景；黃老邪的簫聲，吹得西毒的蛇群狂舞，也是奇事。我們亦可以接受。如果認真研究，蛇群是否都有耳膜，會受聲波振動而刺激大腦，使身體不停狂亂，大有疑問。但我們人類卻真的有耳膜，會產生這樣的連鎖反應，也見過玩蛇人吹笛子令蛇兒起舞，讀者便不自覺地受作者移花接木的手法混蒙，也不至於深究，便接受小說所說的異象。

如果認真考究，韋小寶隨身法寶的化屍粉，又是否真的這樣靈驗？真的一時三刻將屍體化成一灘黃水？讀者明知沒有可能，但可能想到硝酸腐蝕性之強，便認為也無不可。金庸對神異色彩的描述，大部分都恰到好處。與還珠樓主在這方面的分別，是前者頗能考慮讀者對神異的接受程度，而後者則在創作上恣意發展，忽略讀者接受力。

西洋小說　橋段素材

有人說金庸是個洋才子，如果堅持這個說法，金庸一定是個熟讀中國傳統小說的洋才子了。金庸在小說創作上，應該受到西洋小說的素材與橋段的影響。

「書劍」中周仲英幼子被誘，無意吐露文泰來藏身之所，致被清廷鷹犬張召重扣去，周仲英愧對紅花會，親刃幼子以謝諸俠的情節，以前曾見人評論說取自西洋小說的橋段。另外《飛狐外傳》中，田安豹和苗人鳳的父親，互相暗襲的卑劣手段，恰好被冰封著，遂使後人得以親眼看到兩人假仁假義臉孔的場面，外國某電影亦曾出現（據說電影改編自某小說）。

以前看過一則西洋笑話，和《鹿鼎記》一個橋段頗有相似之處：一個衣著隨便的青年走入一架電梯，內裏早有一個衣著講究的紳士、一個老婦，紳士對青年露出輕蔑的神態，電梯剛要關上門的時候，一個年青貌美的女郎匆匆走進來，紳士也為之飄然。電梯開始下降，突然途中停電，電梯吊在半空，內裏一片漆黑，忽然聽到有人輕吻別人一下，隨之而來是立即響起了一下被打耳光的聲響。電流回復了，紳士紅腫了半邊面，與其他之人一言不發地走出電梯。老婦人想：想不到這個道貌岸然的紳士，也會趁黑吻女人一下，活該被打。那女郎想：哈！這個道貌岸然的紳士，竟然去吻那老婦，想不到還捱打。紳士想：哼！那個沒教養的傢伙，竟然乘機吻那熱女郎。想不到黑狗得食，白狗當災，被她打了一記耳光。那個青年人心中卻道：我吻了掌心一下，再打他一巴掌，正好出了那口烏氣！

金庸在《鹿鼎記》中，有這樣的一段：

鄭克塽見三人鑽入了麥草堆，略一遲疑，跟著鑽進草堆……

他（韋小寶）將匕首插入靴筒，右手拿了那隻死人手掌，想去嚇阿珂一嚇，左手摸出去，碰到的是一條辮子，知是鄭克塽，又伸手過去摸索，這次摸到一條纖細柔軟的腰肢，那自是阿珂，心中大喜，用力捏了幾把，叫道：「鄭公子，你幹什麼摸我屁股？」

鄭克塽道：「我沒有。」韋小寶道：「哼，你以為我是阿珂姑娘，是不是？……」鄭克塽罵道：「胡說。」韋小寶左手在阿珂胸口用力一捏，立即縮手……跟著將呼巴音的手掌放在阿珂臉上，來回撫摸……（阿珂）心想韋小寶的手掌決沒這麼大，自然是鄭克塽無疑……

韋小寶反過左手，拍的一聲，重重打了鄭克塽一個耳光，叫道：「阿珂姑娘，打得好……」阿珂心想：「這明明是隻大手，決不會是小惡人。」韋小寶持著呼巴音的手掌，又去摸阿珂的後頸。

這兩段故事不同，但惡作劇的精神極相似。此外，筆者亦看過一齣極古舊的電影，香港譯做《蝴蝶夢》（Rebecca），說一個年青女子，邂逅一中年富紳，嫁入豪門之後，才知富紳早有死去的前妻，這個年青女子的遭遇，全受富紳前妻陰影左右。那前妻被每一個人談論著，「操縱」著他們圈子中的生活，但卻從不在銀幕出現。佈局奇詭，懸疑之極。金庸寫《天龍》的姑蘇慕容氏，便有相近的寫法。人人都談論他，聞之色變，故事的情節被慕容氏牽著走。對慕容氏的先聲奪人的寫法，有無互相影響呢？當然不能遽下斷言。不過兩者勾勒之接近，卻很容易令人由甲想到乙，由乙想到甲。

另一個與外國作品近似的橋段是《雪山飛孤》，大部分形式上都非常接近日本名作家芥川龍之介的〈竹籔中〉：一干人等因緣際會地聚在一起，大家都是說同一個親身經歷的故事；但每個人說出來的都略有不同，差不多每一個人都用最有利自己的角度去闡述那曾經共同度過的經歷，幾經拼湊，才真相大白。《雪山飛狐》中人人都在尋殺田歸農的兇手，最後才知道田歸農自殺，情節的結構、推展故事的方式，與〈竹籔中〉有極接近之處。一位搞舞台劇的朋友說金庸著作之中，《雪山飛狐》最適合改作舞台劇演出。一言道破之後，頗有如夢初醒之感。

另外有一個故事，說一個朝氣勃勃的青年與一個美貌如花的少女相戀，不料少女太美，被人橫刀奪愛，暗中加害這個青年，使他琅璫入獄。表面卻裝作義救那個青年而討得少女芳心，使之嫁予為妻，以為天衣無縫，安枕無憂。誰料青年苦困獄中，反而因禍得福，伺機逃獄後，擁有無上權勢，於是重訪舊愛舊友，暗中著力偵查，最後鋤奸滅惡，行俠仗義，浪跡天涯，揚長而去。

這個故事，是法國大文豪大仲馬的《基度山恩仇記》的故事大概情節。青年叫丹蒂斯，美人叫梅茜，情敵叫費南度，高人是獄中老人法利亞。金庸的著作中，有一部小說的故事結構，與之非常接近，便是短篇作品《連城訣》了。狄雲因得戚芳鍾情，被萬圭施計陷於獄中，又乘機娶了戚芳。狄雲在獄中遇得高人丁典，學得一身驚人武藝後，越獄而去，去找尋舊侶、去找陷害他的人的晦氣。這是《連城訣》故事的主線，還再加添其他素材，組成了一部惹人追讀的小說。

寫《連城訣》的動機，作者已在該書後記明確地說出是自童年所聽到家人和生遭遇的故事，而引起的構思。金庸博覽群書，相信早看過《基度山恩仇記》，而和生的故事又是因被奪愛而引起的，是那麼的接近，不自覺中思路便朝同一個方向走也說不定（況且還要設計其他橋段）。不過，有沒有《基度山恩仇記》，我們還是一樣感謝《連城訣》給我們閱讀時所帶來的享受。

這番論調，乍看之下全是偏幫金庸。但有寫作經驗的的讀者都會同意這樣說法：世界上有多少人看過《基度山恩仇記》？又有多少人因而可以寫出水準一如《連城訣》的小說呢？寫作素材固然重要，但寫作的技巧比寫作素材更重要。評閱作品成功與否的目光不是「誰說得早」，而是「誰說得好」。

在中國，《三國志》的故事很早便流傳。隋煬帝觀看表演便有劉備躍檀溪的節目。中唐以後，「三國」內容成了民間故事重要題材。金院本、宋元南戲和元新劇中有不少「三國」故事劇碼。元代刊印有《三國志平話》，「三國」的故事內容是如此深入人心。說過、寫過的人一定不少，但到羅貫中的《三國演義》出現才放出萬丈光芒。如果羅貫中認為故事內容早被人說過便棄之不理，中國小說史上便失去一本皇皇巨著。同樣，西元十六世紀出現的吳承恩《西遊記》，也是採用前代取經的基礎，加以改寫而成的。在外國，《浮士德與魔鬼》本來就是民間流傳的故事，相傳有浮士德這樣的一位人物，將自己的靈魂賣給魔鬼以換取逝去的青春。這個動人的題材，早在歌德以前便有很多人寫過；但只有歌德的《浮士德》才顯得這樣偉大不朽。站在寫作立場而言，懂得怎樣表達，才是最重要[1]。

曾聽過一種說法，有人認為小說的故事，不會超過七十二種關係的發展形式。外國一位名小說家不服氣，要在古今中外小說中找出超過七十二種的發展形式來駁倒對方，結果皓首窮「經」，找來找去也找不全七十二種形式之多，最後只有跑去向那人求教。

1　當年寫《金庸小說十談》，純以讀者眼光，以漫談角度賞析金庸小說。對金庸寫作上深入探討，可見筆者二〇一一年撰寫之《金庸小說與文學》。該書以作家角度探討金庸寫作，析述更詳。

姑勿論這個說法的真確性，其實我們想想便知道，故事的內容，不過是廚子廚房中的菜料，無論弄出什麼菜式，也不離肉類菜蔬。小說的內容，無論說什麼故事，也離不了喜怒哀樂、恩仇愛恨、成敗取捨的描述。新鮮的肉類菜蔬，當然重要，但廚子的手藝卻是成敗關鍵。正如寫什麼題材也好，最重要的還是作者的技巧和表現力。

在學問的領域上，數學有神童，畫家有神童。即使一些小說家突然平空拔起，一雷天下響，誰不知此作家其實早已蘊藉風流，不知消化了多少名著，吸取其營養充實自己，不過苦無機會出頭，世人不知而已。我們許多人都讀過《水滸傳》、《西遊記》，都讀過《浮士德》、《基度山恩仇記》。但讀完之後，能創作出與之一起照耀文壇的作品卻並不多，而我們卻希望這個時代，有更多閃耀文壇的巨星出現。

第八章　韋春花愛子情深——談文字語言

一般小說寫書中人的感受、事情的發展，是由作者直接説出來，讓讀者知道的，或者作者乾脆用自己那局外人的語氣說出來。當我們讀小說時，無論如何，總有在看他人表演、讀別人故事的感覺。但金庸的小說，多從書中寫出某人對他人及事態的感受和反應，再感染讀者。將讀者由事不關己的第三者身分，輕輕巧巧地帶到第二者的境界，與第二者同一呼吸、同一感受，跳進書本中。這樣的小說，當然迷人得多。試讀下段：

那老者將屠龍刀放在地下，道：「你再提一下我的身子。」俞岱巖抓住他肩頭向上一提，手中登時輕了，只不過八十來斤，心下恍然：「原來這小小一柄單刀，竟有一百多斤之重，確是有點古怪，不同凡品。」將老者放下，說道：「這把刀倒是很重。」

——《倚天屠龍記》第三回

這段寫屠龍刀之重，是誰感到重了？是俞岱巖從老者放下刀子，身體輕了許多許多，而知道屠龍刀極重。讀者透過書中人俞岱巖的行為（感受）、猜度，便和俞岱巖一起感到屠龍刀有百多斤重。將觀賞的境界，由第三位轉移到第二位，對書中描述的感受，便真切許多。

如果作者這樣寫：那老者將那百多斤的屠龍刀放在地下，俞岱巖說道：「這把刀倒是很重。」——這樣寫好像簡單明確，但敘事的技巧，便大大失色，不能激起讀者現有的閱讀趣味。其間的分別，是寫作技巧的分別。

敘事觀點　神思妙構

小說的敘事觀點，可分三種：第一種是自知觀點，作者以「我」為主角。所思所見所聞是「我」之所思所見所聞，俗稱第一人稱的寫法。第二種是全知觀點，俗稱第三人稱的寫法。作者無所不知，全部的故事，是由與故事內容無關的作者說出來。第三種是旁知觀點，即第二人稱的寫法，說故事的人也身在故事中，而自己不過站在次要，或輕微的位置上，有如配角。這種旁知觀點寫法的利益是將故事更帶近讀者，是較難寫得好，也較少人用的方法。

武俠小說是虛幻神異的世界，按理應全用全知觀點去敘事。但金庸在小說中，除了用全知觀點去敘事外，常用旁知觀點去敘事，而且是用得那麼恰當，這是許多讀者不自覺迷上他的小說的原因。

中國傳統小說，可說始自唐代傳奇。之前，六朝志怪，故事簡單、敘事多而描述少。唐代傳奇則比較接近生活，構思巧妙、曲折多變。六朝志怪說到細節精緻、人物豐富、敘事出色，顯然不及唐傳奇。古典小說中，以「聊齋」的敘事技巧最為特異。

「聊齋」作者蒲松齡，借狐鬼花妖去講故事：一定要採用第三人稱的敘事觀點。然而他技巧的地方不是用正筆去寫人物，而是用次要人物的觀點去敘事，用側寫方法表現人物和情節的推展，表現得十分出色。例如在〈嬌娜〉的故事中表面是寫孔雪笠的奇特遭遇，但卻是透過孔雪笠引出嬌娜之兄皇甫公子、豔絕之婢香奴。再透過三人一層一層關係去寫嬌娜，烘托人物的聲勢。金庸寫慕容復出場、東方不敗出場、天山童姥出場等等，由他們的敵友、下屬現身之中，帶出其人身分能耐，正是精於採用古典小說常用方法。旁知觀點的敘事，在「射鵰」中，穆念慈和楊康比武招親一場，就寫得最清楚：

> 穆易初見那小王爺掄動大槍的身形步法，已頗訝異，後來愈看愈奇，只見他刺、紮、鎖、拿、盤、打、坐、崩，招招是「楊家槍法」。這路槍法是楊家的獨門功夫，向來傳子不傳女，在南方已自少見，誰知竟會在大金國的京城之中出現。
>
> 只見他槍法雖然變化靈動，卻非楊門嫡傳正宗，有些似是而非，倒似是從楊家偷學去的……只見槍頭上紅纓閃閃，長杆上錦旗飛舞……

上文寫穆易（楊鐵心）為女兒招親，引出小王爺（楊康）與郭靖較技。文中「只見他刺、紮、鎖……」是誰見了？——是穆易。「只見槍頭上紅纓閃閃……」是誰見了？——是穆易。「誰知竟會在大金國的京城之中出現」，這個誰，是誰了？——是穆易。誰心裏知道這路槍法是楊家獨門功夫？是傳子不傳女？——也是穆易。這段打鬥的描述，完全是書中人穆易所見；見而所思的，也是書中人穆易所思。作者把穆易眼睛耳朵所接觸到的事物，全部都移借給我們觀賞，穆易所見，成了我們所見；穆易的心思，也隨之而變成我們的心思。穆易在比武圈外站著，我們也在比武圈外站著。能替我們帶來這樣的切身感受，是作者的高明寫作技巧。

旁知觀點當中，也可以有全知觀點的敘事法，那便是追憶的複述。由書中人直截了當地述說往事，引出前因後果。金庸對複述的描寫，也極用心精到，複述者往往在敘述往事時，流露本身的品性、教養、立場。這種同是直述的描述，卻比用全知觀點的直述高明得多，其中道理便是讀者更接受書中人物，就如自己也是圍著講者的其一聽眾，靜聽他人講述往事一樣。用得最多這種旁知觀點複述法的是《雪山飛狐》，幾佔全書二分之一。用得最好的是《碧血劍》中，溫青青之母溫儀憶述與金蛇郎君結識及結合的經過。溫儀人屆中年，仍儀容端麗，但在複述往事的時候，口吻卻像個天真漫爛、情竇初開的小女孩，溫柔純真，語言中散發著青蔥芬香，足令聞之者心醉。

金庸在小說創作上另一成就是精采的橋段設計。精采的設計又分兩方面而言，一類是精密的連環緊扣，如「飛狐」中劉鶴真計賺胡斐送信；另一類天馬神來匪夷所思的妙絕構思，如《天龍八部》之生死符。

顧名思義生死符乃控制一人生死之符契。但又有什麼符契可以控制一人生死了？逼於無奈，如果毀約又怎樣？這些「符」究竟又有沒有約束力？讀者因而對此符產生極大好奇之心，尤其是知道一群傲桀不群的邪魔也對之俯首貼耳，更令人視為神物！儘管讀者猜度生死符不是符文，以為是丸藥了？誰知都不是，生死符原來不過是一片圓圓的薄冰。更神妙的設計，是生死符打入人體之內，瞬即化去消逝，無影無形，要尋也尋不著。這時候問，生死符是什麼？答案是生死符什麼都不是，是「沒有什麼」。「沒有什麼」便是生死符，是懾服群魔的利器；「沒有什麼」使群魔俯首貼耳，那是不是最玄妙的構思？

金庸意念之妙絕，除了生死符之外，以澆酒種花，也是絕妙之事！在《飛狐外傳》中，萬毒之王七心海棠以酒澆種，方能生長，神品出自美酒，構思之佳，令人神往。此外，同書中毒手藥王在江湖傳說中忽男忽女，忽俊忽醜；既是相貌清雅的書生，又是臉肉橫生的屠夫；有人說是個和尚，亦有人說是個跛腳駝背的女人，身分撲朔迷離。最後現出真相，原來根本便是四個人，四人是師徒一眾，都配稱毒手藥王之譽。這個設計，既合理，又突出，不失為上佳結構。

另一指出盡信書不如無書的觀念，寫來也非常別致：「倚天」中張無忌身置明教秘窟，得窺明教聖火心法、乾坤大挪移，結果學得神功，但共有一十九句，未能照練，只有跳練，極為之惋惜。但作者竟有這樣的闡述：

張無忌所練不通的那一十九句，正是那位高人單憑空想而想錯了的，似是而非，已然誤入歧途。要是張無忌存著求全之心，非練到盡善盡美不肯罷手，那麼到最後關頭便會走火入魔，不是瘋顛癡呆，便致全身癱瘓，甚至自絕經脈而亡。

——《倚天屠龍記》第二十回

這段說明月滿則虧、知足不辱的道理，也作了盡信書不如無書的當頭棒喝。另一段《俠客行》中黑白劍石清技壓金刀寨寨主安奉日的設計，也是妙絕：

那知墨劍一翻，轉到了刀下，卻將金刀托住，不令落地，只聽石清說道：「你我勢均力敵，難分勝敗。」墨劍微微一震，金刀躍將起來。

安奉日心中好生感激，五指又握緊了刀柄，知他取勝之後，尚自給自己保存顏面，忙舉刀一立，恭恭敬敬行了一禮，正是「劈卦刀」的收刀勢「南海禮佛」。這一招使出，心下更驚，不由得臉上變色，原來他一招一式的使將下來，此時剛好將七十二路「劈卦刀」刀法使完，顯是對方於自己這門拿手絕技知之已稔。

——《俠客行》第一回

石清不著痕跡而暗示對方功夫早已了然於胸的設計，非同凡響。這種走劍陪招的設計，既給人臉子，又顯出功力懸殊，對方焉能不懾伏修好？

金庸小說橋段的設計，絕妙的固然多，但不合情理的並非沒有。例如《俠客行》開場，吳道通化裝藏身侯監集三年，無風無浪，那知一天被金刀寨的人發現了，來個突襲，竟然在同一天中，石清夫婦又翩然而至，雪山派又適巧混到那裏，最後玄鐵令主人竟又及時出現，收去玄鐵令。說道理，這種機遇千萬分之一，竟然這麼巧三年之中，什麼事都在那天、那一個時辰發生了？同一情況是《鹿鼎記》中的神龍教，教主洪安通立教年日久遠，徒眾叛教發難的一天，竟是韋小寶蒙教主召見的那一天？並且又適在與教主相談的刹那，何其時機巧合？

除卻巧合設計之牽強之外，情理欠通之處亦易發現。例如「書劍」中陳家洛與乾隆夜會西湖，最後雙方陣營列出陣勢，清軍統屬的綠營兵丁竟向陳家洛行禮，視長官如無物，便怎樣也說不過去[1]。《俠客行》的第一高手謝煙客又怎樣會許下如此荒誕的玄鐵令諾言了？「倚天」中張無忌得胡青牛王難姑的醫書，一躍而成為當世第一大醫師，要吸收融滙醫學知識，又豈會這樣容易？否則大學圖書館大門一開，天下每一個人入去鑽讀，都成了學者，豈不美妙？

「射鵰」之中，郭靖背著黃蓉訪醫，路經黑沼，一見瑛姑修習術數，以求得履桃花島，救出周伯通。黃蓉瑛姑對解示我國古代數術之妙，令讀者眼界大開，極之精采。但若要說道理，道理也不通，懂得九宮圖、百子圖、天元之術，又與闖桃花島認路何干？瑛姑為人聰明狠絕，豈不知世上有《周髀算經》、《九章算術》等數術巨著？同書中說歐陽鋒恃蛤蟆功橫行，後來卻說蛤蟆功早有剋星，那是段氏一陽指，則一陽指有什麼弱點，又被什麼功夫輪迴剋制而與黃藥師洪七公兩人打成平手？

若要細心翻檢金著「漏洞」，找出無理之處恐非難事。而其在創作設計上另一成功之處是從不執著設計中橋段之真實性，能放開懷抱，使故事情節不致呆滯停留，毫無進展。因為評論

1 想不到許多年後，筆者得幸認識一位黃埔軍校退休在港的將軍，親口說當時在軍隊中兵士要上級屬同一個江湖幫會，否則不肯在戰場上賣命。一些中級軍官，因而也拜在同一幫會高層門下，才方便約束下屬。

橋段的是否合理，多依「真實」的尺度。小說是藝術創作。藝術與真實有一些距離。生活上的真，並不即如藝術上的真。一幅油畫上的美人，令鑑賞者都欣賞眼前的美人風姿；但求真實者那裏知道眼前美人，只不過是一塊麻布，一堆混和後的顏料，美人在哪裏了？

一齣電影說劇中人自香港太平山頂乘車下山，鏡頭一轉已到了海濱大道，全院舉座譁然，大罵導演無理，說山頂道下來的不是海濱路。這種指責是有事實根據的。但如果外地觀眾看到，便不會有這種「無理」的感覺。因劇情要交待的只是從山頂到海濱去，從甲路到乙路，或從丙路到丁路都無關宏旨。可見創作上的無理，其實是考驗創作者藝術上的取捨的修養。只懂恪守、求真實，而不懂取捨，便如張無忌練乾坤大挪移一樣，不跳練那十九招，結果會走火入魔。

有人問雕刻家米高安哲羅，怎樣能雕刻出那些偉大的作品。他的答案很平凡，就是：把石塊中不要的部分雕去就是了。哪些該留，哪些不要，便是取捨，該怎樣取捨，便是創作成功與否的關鍵了！

精煉語言　魅力文字

寫小説不同説故事，故事可説是事情的串聯情節，説事情是怎樣開始、怎樣發展、怎樣轉變、怎樣結局。但小説可比説故事複雜許多，構成小説成功的元素也很多，最明顯莫如人物性格的創造。言為心聲、登峰造極的小説，寫人物的言語，皆有非凡的成就。

同是一句話，同是一樣的訊息，人物的身分不同、教養不同、心情不同、時態不同、對象不同，都有不同的表達方式。小孩子口中説大人話令人發噱，胸無點墨的人只能説出附庸風雅的話；市井有市井的俚語，皇廷有皇廷的應對口吻，可見撰寫語言的多姿變化。語言反映人物性格，帶動情節的推展，豐潤小説的生命，在不知不覺中將讀者引入故事之中。既然語言這樣重要，金庸小説中當然不會對之忽略。且看金庸在小説中怎樣運用語言。

要欣賞金庸小説中説話技巧、語言運用精妙之處，最佳莫如翻開《笑傲江湖》封禪台五嶽劍派合併一段。左冷禪處心積慮合併五嶽劍派要自成霸主。在一切佈置妥當，十拿九穩之後，卻來謙恭禮讓，但句語中卻凜不可犯，氣勢逼人。誰知岳不群更勝一籌，早已勝券在握，也來「謙虛」一番，然而也依樣葫蘆，自詡派中第一高手。語言作風，與左冷禪一脈相承，而又恰恰將之罩住，頗有惡人自有惡人磨之妙，全文令人拍案叫絕，擊節讚賞。

岳不群道：「小女孩兒口沒遮攔，左兄不必當真。在下的武功劍法，比之少林派方證大師、武當派沖虛道長，以及丐幫解幫主諸位前輩英雄，那可是望塵莫及。」左冷禪臉上登時變色。岳不群提到方證大師等三人，偏就不提左冷禪的名字，人人都聽了出來，那顯是自承比他高明。丁勉道：「比之左掌門卻又如何？」岳不群道：「在下和左兄神交多年，相互推重。嵩山華山兩派劍法，各擅勝場，數百年來從未分過高下。」丁兄這一句話，在下可難答得很了。」丁勉道：「聽岳先生的口氣，倒似乎自以為比左掌門強著些兒？」

……

岳不群道：「子曰：『君子無所爭，必也射乎？』較量武功高低，自古賢者所難免，在下久存向左師兄討教之心。只是今日五嶽派新建，掌門人尚未推出，在下倘若和左師兄比劍，倒似是來爭做這五嶽派掌門一般，那不免惹人閒話了。」左冷禪道：「岳兄只消勝得在下手中長劍，五嶽派掌門一席，自當由岳兄承當。」岳不群搖手道：「武功高的，未必人品也高。在下就算勝得了左兄，也不見得能勝過五嶽派中其餘高手。」他口中說得謙遜，但每一句話扣得極緊，始終顯得自己比左冷禪高上一籌。

——《笑傲江湖》第三十四回

左冷禪對這一番話，當然愈聽愈怒，口說無憑，最後難免當場一戰。結果岳不群口中詞鋒犀利，手中劍法也勝一籌。一番龍爭虎鬥之後，把左冷禪雙目刺瞎。隨著，又說出另一番極為「得體」的話來：

岳不群走到台邊，拱手說道：「在下與左師兄比武較藝，原盼點到為止。但左師兄武功太高，震去了在下手中長劍，危急之際，在下但求自保，下手失了分寸，以致左師兄雙目受損，在下心中好生不安。咱們當尋訪名醫，為左師兄治療。」

——《笑傲江湖》第三十四回

這一番話，對傷害對手極為負疚，抱歉之至，但解釋形勢又不得不如此，最後竟說要替對方聘名醫治理，一片殷誠，充滿言詞之間。但事實讀者均知全非這樣；就在一瞬之前，二人捨命相撲，用盡最卑下手段，必除對方而後快。在打倒對手後竟說出這番話來，偽君子之偽，已顯露無遺。試想假若某人進比武場稍遲，見不著二人相鬥，一定覺得岳不群是個謙謙君子，仁愛大度，被他一番犀利言詞矇騙過去了。可是言詞運用之妙，竟一至此。而金庸言詞運用之精到，亦一至於此！

言詞之妙，有詞鋒犀利，有委婉曲迎，也有妙語如珠，惹人發噱。金著之中語言精妙之處，俯拾皆是，一些妙語，令人啼笑皆非，哭笑不得，而細想之下，笑謔之中不乏清新雋永，也不乏富於哲理。

記得《神鵰俠侶》中，少年楊過被人罵作小烏龜，他學得江南市井討回便宜口語，隨口搭上：「小烏龜罵誰？」對方立即應道：「小烏龜罵你！」「噢！原來小烏龜罵我！」這樣一來，罵人者自認是小烏龜，不是楊過是小烏龜（不知新版有沒有刪去這段）！上述雖然是一小點口舌便宜的話，但可見到易於為人忽略的中文句語特色——主位和賓位的巧妙顛倒應用。這和「某甲大勝某乙」跟「某甲大敗某乙」的字句不同，意義一樣，頗有異曲同工之妙。

說俏皮話以韋小寶最為拿手，《鹿鼎記》中韋小寶身入龍潭虎穴的吳三桂府中，與吳三桂一方相對峙，便有不少如珠妙語。韋小寶在送公主到雲南途中，白天是賜婚使，晚上是駙馬爺。終於見到了吳三桂，韋小寶見他走到公主車前，跪倒磕頭。心中先道：「老烏龜吳三桂免禮。」待他叩拜已畢，才道：「平西王免禮。」作者寥寥兩三句話，已見場面活潑，對韋小寶俏皮德性，寫得入木三分。韋小寶言語機靈，對吳三桂等百官提控操縱，實為一絕。

> 酒過三巡，韋小寶笑道：「王爺，在北京時，常聽人說你要造反……」吳三桂立時面

色鐵青，百官也均變色，只聽他續道：「……今日來到王府，才知那些人都是胡說八道。」吳三桂神色稍寧，……

——《鹿鼎記》第三十回

韋小寶在雲南之時，便有不少妙語：

韋小寶笑道：「妙極，王爺做事爽快，輸就輸，贏就贏，反明就反明，降清就降清，當真是半點也不含糊的。」

……

（韋小寶）掀起轎簾，向內一望，只見吳應熊臉上全無血色，斜倚在內，笑道：「世子，你好。」吳應熊叫道：「爹，你……你沒事罷？」這話是向著吳三桂而說，韋小寶卻應道：「我很好，沒事。」

……

阿珂頓足道：「我不認，我不認。我沒爹沒娘，也沒師父。」韋小寶道：「你有我做老公！」

韋小寶精句警語是斷金碎玉式的；善說長篇大論，令人忍俊不禁的仍然要數天下大渾人桃谷六仙。桃谷六仙大鬧封禪台，遏阻左冷禪做霸主，言詞也令人拍案叫絕。先是左冷禪造死人的謠，說恒山派定閒、定靜、定逸生前極力贊成併派。桃谷六仙也依樣葫蘆，說她們確是贊成併派，但補上一句，是推崇他們自己做掌門。以子之矛，攻子之盾，把左冷禪氣得呱呱叫。

眾人轟笑聲中，桃枝仙大聲道：「照啊，我們並沒說謊，是不是？後來定閒師太又道：『五派合併，掌門人只有一個，他桃谷六仙共有六人，卻是請誰來當的好？』兄弟，定靜師太卻怎麼說啊？」桃花仙道：「這個……嗯，是了，定靜師太說道：『五派雖然併而為一，但泰山、衡山、華山、恒山、嵩山這東南西北中五嶽，卻是併不到一塊的。左冷禪又不是玉皇大帝，難道他還能將五座大山搬在一起嗎？請桃谷六仙中的五兄弟分駐五山，剩下一個做總掌門也就是了。』」桃葉仙道：「不錯！定逸師太便說：『師姊此見甚是。原來桃谷六仙的父母當年甚有先見，知道日後左冷禪要合併五嶽劍派，因此生下他六個兄弟來，既不是五個，又不是七個，佩服啊佩服！』」

群雄一聽，登時笑聲震天。……

桃枝仙道：「可是殺害定閒師太她們三位的，卻在五嶽劍派之中，依我看來，多半是個若非姓左、便是姓右之人，又或是不左不右、姓中之人，如果令狐沖加入了五嶽派，和這個姓左姓右又或姓中之人，變成了同門師兄弟，如何還可動刀動槍，為定閒師太報仇？」

……

左冷禪冷冷的道：「六位說話真多，在這嵩山絕頂放言高論，將天下英雄視若無物，讓別人也來說幾句話行不行？」

桃花仙道：「行，行，為什麼不行？有話請說，有屁請放。」他說了這「有屁請放」四字，一時之間，封禪台下一片寂靜，誰也沒有出聲，免得一開口就變成放屁。

——《笑傲江湖》第三十二回

桃谷六仙專跟左冷禪搗蛋，妙趣橫生，而這幾個渾人又偏偏武功高強，有理說不清，左冷禪真奈何他們不得，把一個早有佈置、莊嚴隆重的併派大會變成一場兒戲。桃谷六仙的言詞精厲，每次都抓著這個大霸主痛癢之處，讀起來趣味盎然，大快人心。作者的文字駕馭能力、言語運用，圓熟妙趣，可見一斑。

上述都是語言的趣妙，說到語言厲害，因果倒置，善於構陷之詞，也還得回推韋小寶。

韋小寶歎了口氣，搖了搖頭，說道：「陸先生，你自以為聰明能幹，卻哪裏及得了教主和夫人的萬一？我跟你說，你錯了，只有教主和夫人才永遠是對的。」陸高軒怒道：「你胡……」……韋小寶道：「你說我胡說？我說你錯了，只有教主和夫人才永遠是對的，你不服氣？難道教主和夫人永遠不對，只有你陸先生才永遠是對的？」

………

韋小寶道：「你說……教主的鬍子給人拔光了，給倒吊著掛在樹上，已有三天三夜沒喝水、沒吃飯。這些說話，你現今當然不肯認了，是不是？」

………

韋小寶道：「你說青龍使給人殺了，是不是？」瘦頭陀說：「是，是教主吩咐要我這般騙你的。」韋小寶道：「教主叫你跟我開個玩笑，也是有的。可是你說教主為了報仇，殺了青龍使和赤龍使。教主大公無私，大仁大義，決不會對屬下記恨！」他說一句，瘦頭陀便叫一句「假的！」……韋小寶道：「教主大公無私。」瘦頭陀道：「假的！」韋小寶道：「大仁大義！」瘦頭陀叫道：「假的！」韋小寶道：「決不會對屬下記恨報仇。」瘦頭陀道：「假的！」

——《鹿鼎記》第三十五回

韋小寶的口舌便給，言語嫁禍是設問先真後假，對方盛氣而答，往往中了圈套，第一則最後加上一句：「只有教主和夫人才永遠是對的」。是用來構陷對方之詞，因為他早預知陸高軒會說他「胡說」，於是在陸高軒一句胡說否定句中，教主和夫人是對的也一併是胡說了。可見作者在句語運用設計之精到。第二則厲害的話也是最末一句：「你現今當然不肯認了，是不是？」言下之意是此情此景之下對方不會承認，焦點落在「現今」二字上，將事實之是與非架開，無論對方否認或肯定，總之自己講的都是事實，抹去自己說謊的可能性，這招更見高明。第三則韋小寶對手是個心思粗疏的瘦頭陀，一切答案早在韋小寶預料之中，韋小寶愈把教主捧場，瘦頭陀便愈將教主踐踏。到發覺的時候已言由口出，收也收不及，自然倒楣。其實讀者均知設計語言的不是韋小寶而是作者金庸，展露出金庸掌握運用言語的功力。

金庸言語寫得好，駕馭文字能力更好，有人許之為當代最善用中文的人，是否過譽，見仁見智。但譽之為文字用得最好的當代作家，理應實至名歸。即使看不到金庸原著，在筆者引文之中，亦可見作者駕馭文字能力。作者句語暢所欲言，撫人心竅；用詞用字深淳典雅，錘煉精妙。金著中不乏優美文字典範佳章。今只談寫景寫情之作，亦足以令人回味無窮。

丁璫笑咪咪的向石破天橫了一眼，突然滿臉紅暈，提起竹篙，在橋墩上輕輕一點，小船穿過橋洞，直蕩了出去。石破天想問：「到你家裏去？」但心中疑團實在太多，話到口邊，又縮了回去。

小河如青緞子般，在月色下閃閃發光，丁璫竹篙刺入水中，激起一圈圈漪漣，小船在青緞上平平滑了過去。有時河旁水草擦上船舷，發出低語般的沙沙聲，岸上柳枝垂了下來，拂過丁璫和石破天的頭髮，像是柔軟的手掌撫摸他二人頭頂。良夜寂寂，花香幽幽，石破天只當是又入了夢境。

小船穿過一個橋洞，又是一個橋洞，曲曲折折的行了良久，來到一處白石砌成的石級之旁。丁璫拾起船纜拋出，纜上繩圈套住了石級上的一根木樁。她掩嘴向石破天一笑，縱身上了石級。

丁不三笑道：「今日你是嬌客，請，請！」

——《俠客行》第六回

江南水鄉之中，月明風清之夜，髫鬟少女之旁，笑語盈盈之前，何啻神仙境界。但同是午夜泛舟，金庸在另書中，卻寫得瀟灑空靈，滄浪感慨：

五人相對不語，各自想著各人的心事，波濤輕輕打著小舟，只覺清風明月，萬古常存，人生憂患，亦復如是，永無斷絕。

突然之間，一聲聲極輕柔、極縹緲的歌聲散在海上：「到頭這一身，難逃那一日。百歲光陰，七十者稀。急急流年，滔滔逝水。」卻是殷離在睡夢中低聲唱著小曲。張無忌心頭一凜，記得在光明頂上秘道之中，出口被成昆堵死，無法脫身，小昭也曾唱過這個曲子，不禁向小昭望去。月光下只見小昭正自癡癡的瞧著自己。

殷離唱了這幾句小曲，接著又唱起歌來，這一回的歌聲卻是說不出的詭異，和中土曲子渾不相同，細辨歌聲，辭意也和小昭所唱的相同：「來如流水兮逝如風，不知何處來兮何所終！」她反反覆覆唱這兩句曲子，愈唱愈低，終於歌聲隨著水聲風聲，消沒無蹤。

各人想到生死無常，一人飄飄入世，實如江河流水，不知來自何處，不論你如何英雄豪傑，到頭來終於不免一死，飄飄出世，又如清風之不知吹向何處。張無忌只覺掌裏趙敏的纖指寒冷如冰，微微顫動。

——《倚天屠龍記》第二十九回

丁璫和石破天的月夜泛舟是笑語盈盈，芳心可可，詩情畫意的神仙境界。但張無忌與諸女月夜泛舟卻是淒迷萬狀，前路茫茫，無所依傍的境界。眼前月明海上，靜夜孤舟，使人興起生死無常、光陰過客、浮生若夢之歎。文字中帶出意境，更在詩情畫意之上。人生有多少個月明之夜？月明之夜又有多少回可以月下泛舟？月下泛舟之時又有多少回可以澄靈靜思參悟透徹？作者的優美文字，漫不經意地將讀者帶到極優美的藝術境界，這種文字的魅力，原來就是我們對了然於胸的情節故事，也愛手不釋卷，再三重讀的原因。

金庸的寫情文字，男歡女愛之章，寫得纏綿悱惻、淒惋動人。而另一種言情之作，卻是和風細雨，美酒深醇的情愛，同樣寫得極為成功，可惜卻被忽略了，試看韋小寶榮歸故里，母子親情的一章：

兩人來到房中，韋春芳反腳踢上房門，鬆手放開他辮子和耳朵。韋小寶叫道：「媽，我回來了！」韋春芳向他凝視良久，突然一把將他抱住，嗚嗚咽咽的哭了起來。韋小寶笑道：「我不是回來見你了嗎？你怎麼哭了？」韋春芳抽抽噎噎的道：「你死到哪裏去了？我在揚州城裏城外找遍了你，求神拜佛，也不知許了多少願心，磕了多少頭。乖小寶，你終於回到娘身邊了。」韋小寶笑道：「我又不是小孩子了，到外面逛逛，你不用擔心。」

韋春芳淚眼模糊，見兒子長得高了，人也粗壯了，心下一陣歡喜，又哭了起來，罵道：「你這小王八蛋，到外面逛，也不給娘說一聲，去了這麼久，這一次不狠狠給你吃一頓筍炒肉，小王八蛋也不知道老娘的厲害。」

所謂「筍炒肉」，乃是以毛竹板打屁股，韋小寶不吃已久，聽了忍不住好笑。韋春芳也笑了起來，摸出手帕，給他擦去臉上泥污；擦得幾擦，一低頭，見到自己一件緞子新衫的前襟上又是眼淚，又是鼻涕，還染上了兒子臉上的許多炭灰，不由得肉痛起來，拍的一聲，重重打了他一個耳光，罵道：「我就是這一件新衣，還是大前年過年縫的，也沒穿過幾次。小王八蛋，你一回來也不幹好事，就弄髒了老娘的新衣，叫我怎麼去陪客人？」

韋小寶見母親愛惜新衣，鬧得紅了臉，怒氣勃發，笑道：「媽，你不用可惜。明兒我給你去縫一百套新衣，比這件好過十倍的。」韋春芳怒道：「小王八蛋就會吹牛，你有個屁本事？瞧你這副德性，在外邊還能發了財回來麼？」韋小寶道：「財是沒發到，不過賭錢手氣好，贏了些銀子。」

韋春芳對兒子賭錢作弊的本事倒有三分信心，攤開手掌，說道：「拿來！你身邊存不了錢，過不了半個時辰，又去花個乾淨。」韋小寶笑道：「這一次我贏得太多，說什麼也花不了。」韋春芳提起手掌，又是一個耳光打過去。

韋小寶一低頭，讓了開去，心道：「一見到我伸手就打的，北有公主，南有老娘。」

伸手入懷，正要去取銀子，外邊龜奴叫道：「春芳，客人叫你，快去！」

韋春芳道：「來了！」到桌上鏡箱豎起的鏡子前一照，匆匆補了些脂粉，說道：「你給我躺在這裏，老娘回來要好好審你，你……你可別走！」韋小寶見母親眼光中充滿擔憂的神色，生怕自己又走得不知去向，笑道：「我不走，你放心！」韋春芳罵了聲「小王八蛋」，臉有喜色，撣撣衣衫，走了出去。

——《鹿鼎記》第三十九回

單看上面一段文字，難以相信出自武俠小說之中。這是一段感性文字，功力深厚，已無稜角可尋。在溫馴文字之中，寫出年華老去的妓女為弄污新衣而怒的可哀，寫出慈母之心、孺子之孝的光芒來。韋春花愛子之心，一言一動，都恰如其分，恰到好處。讀者也會在不自覺中，沾得慈惠；而機靈多智的韋小寶，在浮滑行狀中，也不難使人感到他對母親的摯愛。全文筆調溫厚親切，深情洋溢，寫得不慍不火，正是作者對文字駕馭功力的表現。

筆者以為，金庸運用文字的成就，超過了他的情節結構。金庸對情節的結構，尚有瑕疵之處，亦有可與之並駕齊驅的作家。但說到行文煮字、敘事的明透貼切、藝術意境的創造，遑論其他武俠小說作者，即使是文藝作家，也難出其右。金庸文字之美，增添了重讀時的趣味，每一次重讀，造成每一次的享受。這個「美」字，還包括了利用文字表達出真和善；它震盪了讀者的心靈，啟迪了讀者的思考，昇華了讀者的情操，所以譽之為當代文筆最佳作家，實在不為太過！

第九章　苗人鳳英雄無淚——談金著影劇語言

金庸寫作技巧的成功，不能不歸究於金庸本人有實際的電影工作經驗。這種經驗看似平平無奇，但對於一個觀察入微的作家，卻是難得的磨練機緣。優秀的導演和編劇都會注意到劇情不光是交待敘事，還要注意影像的表達力、音響和周遭氣氛的效果，甚重視觀賞者所接納的感受。

「電影語言」和「文學語言」是有距離的。作家給讀者的「文學語言」多是抽象的、主觀的，少有考慮讀者的反應而下筆，流於表達「表演」。「電影語言」是具象的、客觀的，注意烘托和效果的。優秀的電影從業員都一定考慮觀眾的反應，可說是「照顧」欣賞者。同是清晨的描述，作家可以寫上：晨光熹微是怎樣怎樣，便由讀者自行創造感覺去領略。但電影卻斷不能說「晨光熹微」，而是直接映出晨光熹微的影像，映出曙光初露的天空，映出溫潤的枝頭，尚有露珠點點；小鳥兒才眼睛颯颯、蹦蹦跳動，初試鳴聲。這樣的兩種不同的表達力，對一般人而言，誰更有感染力呢？

金庸將電影的敘事手法，恰當地搬進他的小說裏，這是他聰明的地方，也是他其一成功的地方，故而金庸小說裏的描述，多是具象的，而非用詞彙抽象地描述。他愛烘托環境，製造氣氛，交待影像，使讀者自行創造畫面，創造感覺。

烘托氣氛　人物反應

寫小說和編劇本，同樣是文字創作。優秀的小說和優秀的劇本，價值是無分軒輊的。不過在創作的時候，大抵好劇本更難求。寫小說好比畫家繪畫，創作的規限較小，創作的時候，還可以取悅自己，多於取悅他人；寫劇本好比設計家的設計工作，有一定的客觀條件限制，不能恣意發揮，作品必須符合條件所求，創作時取悅他人多於取悅自己。例如設計一幅用以宣傳某種產品的海報，則必須達到吸引別人注視的效果，以能介紹出該產品特質為目的，傳播出產品的優點，誘使人認識、購買等等的客觀條件。整個創作，解決問題多於情思的舒展，和繪一幅供人欣賞的美術作品大有分別。

寫劇本要注意到的客觀條件也更多，除了設計的場景是否難辦到、演出的難度是否過分、會否超出財政上預算等等問題外，還要考慮到觀眾的反應，如何營造故事的氣氛、如何製造高潮、如何烘托出故事的吸引。寫甲怎樣演戲，同時也要寫出乙對甲言行的迴響、周圍人物互為因果的反應等等。尤其是舞台劇，以有限的空間（舞台）、特定的時間（演出時間），由演員的一言一語推展情節，交待故事，藉以吸引台下觀眾，實在並非易事。小說中當然也會有同樣情況，不過即使忽略了，讀者也不會像觀眾一樣在台下煩躁。金庸的小說，便是比一般的小說更注重烘托、營造場景氣氛和擅於描寫故事中人的反應。

俗語說牡丹雖好，也要綠葉扶持，這便是烘托的作用。金庸的小說，人有人的烘托，物有物的烘托，景有景的烘托。人的烘托，例如在「笑傲」中以田伯光烘托令狐沖。田伯光的出現，挾持儀琳，不過帶出令狐沖捨命相救時智勇仁義的性格。又如「倚天」中以丁敏君烘托紀曉芙。紀曉芙頗得業師滅絕師太好感，有意傳以掌門之位，而丁敏君卻氣量狹隘，早已窺伺掌門一位，每每對紀曉芙諸多攻擊，映襯出紀之明慧聰敏，對名位毫不放在眼內。《飛狐外傳》中，胡斐尋藥王救苗人鳳，鍾兆文則是胡斐的配襯。鍾兆文處處防範，胡斐卻坦然無懼，真誠待人，方贏得程靈素好感，拔刀相助。無鍾兆文之機心，顯不出胡斐之豪爽。兩部「飛狐」中的兩大主角，苗人鳳和田歸農也是互相映襯。田歸農瀟灑俊雅，善於辭令而武功平平，但為人陰險；苗人鳳則赤誠忠義，武功卓絕但木訥貌寢，恰好是個對照。再者此二人其名不如其人，卻剛好形容對方的外表，連苗夫人南蘭也這麼說：「你跟我丈夫的名字該當調一下才配，他最好是歸農種田，你（田歸農）才是真正是人中的鳳凰。」

此外，人物的映襯尚有郭靖之渾璞與黃蓉之機巧，美女溫青青對阿九的驚豔襯出阿九的絕色，毒手藥王無嗔前三名弟子辣手蛇心襯出關門弟子程靈素的清真淡雅等等，都是以人襯人的手法，使得他們的性格更鮮明，讀者對他們的印象更深刻。

物亦有物的烘襯，且看金庸說寶刀：

補鍋匠氣鼓鼓的從擔兒裏取出一把刀來，綠皮鞘子金吞口，模樣甚是不凡。他刷地拔刀出鞘，寒光逼人，果然是好一口利刃。眾人都讚了一聲：「好刀！」……

那店伴將菜刀高高舉起。補鍋匠橫刀揮去，當的一聲，菜刀斷為兩截。眾人齊聲喝采：「果是寶刀！」

南仁通緩緩抽刀出鞘，刃口只露出半尺，已見冷森森一道青光激射而出，待那刀刃拔出鞘來，寒光閃爍不定，耀得眾人眼也花了。南仁通道：「我這口刀，有個名目，叫作『冷月寶刀』，你瞧清楚了。」……

正要還刀入鞘，那「調侯兄」突然一伸手，將刀奪過，擦的一聲輕響，與補鍋匠手中利刃相交，補鍋匠的刀刃斷為兩截，接著又是當的一響，刀頭落在地下……

金庸寫寶刀，是以寶刀襯托寶刀。第一口寶刀出鞘，寒光逼人，削鐵如泥，確是非凡品。那知尚有一口寶刀，削「寶刀」也是削鐵如泥，瑩瑩如水，寶光流動，至此方知誰是寶刀中至尊。作者描述寶刀一靜一動之出眾，文字之美，層次之佳，以物襯物手法之兀拙入勝，令場面生色不少。

金庸擅於營造氣氛和愛寫反應，小說中比比皆是，今各引一段以為參照。在《飛狐外傳》中，無塵道長認識胡斐，而胡斐卻不認識無塵道長。無塵約他鬥劍，胡斐慨然赴約，但心中卻知勝負是未定之數。且看金庸如何烘托快刀與快劍並雄於世的兩人決鬥前夕的氣氛：

那陶然亭地處荒僻，其名雖曰陶然，實則是一尼庵，名叫「慈悲庵」，庵中供奉觀音大士。

胡斐和程靈素到得當地，但見四下裏白茫茫的一片，都是蘆葦，西風一哄，蘆絮飛舞，有如下雪，滿目盡是肅殺蒼涼之氣。忽聽一隻鴻雁飛過天空。程靈素道：「這是一隻失群的孤雁了，找尋同伴不著，半夜裏還在匆匆忙忙的趕路。」忽聽蘆葦叢中有人接口說道……

試看作者對這個場景的設計：荒僻的尼庵已夠孤清，再加上西風，午夜三更蘆葦白茫茫在風下舞動，點點如雪，清淒寂寥的場景，強烈地映入讀者眼簾。再而加上失群孤雁，哀傷落寞，情懷難以自已。短短幾十字的描寫，何止肅殺蒼涼？更而冷寂孤淒，烘托出兩人大戰之森冷，胡斐程靈素二人孤淒無依的心境，躍然紙上。優美的文字，創造出至極空明、清冷的境界，彷佛耳畔尚有幾聲唧唧的夜蟲聲。

至於金庸小說中事態的反應，作者也用具象方式描繪，有極強畫面感：

陸先生（陸高軒）正煩惱間，忽聽得胖頭陀的聲音說道：「陸先生，教主召見韋公子！」陸先生臉如土色，手一顫，一枝醮滿了墨的毛筆掉在衣襟之上。

《鹿鼎記》中陸高軒誤報韋小寶懂得石碣讚美洪教主的蝌蚪文，原來不是這回事。韋小寶一字不識，正在教韋小寶認字補過，誰料教主卻差胖頭陀找他要見韋小寶，怎不令他大驚失色？一般人描寫，多會寫到「陸先生面如土色」便了，頂多加上一句「心神極是不安」。但後句寫他慌得丟掉了毛筆，狼狽之極的樣相，具體表現出他惶恐之中驚懼，是極具象畫面的戲劇寫法。

舞台劇藝　電影語言

電影中有慢鏡頭，金庸的小說中亦有慢鏡頭。慢鏡頭的描述，最宜用於寫打鬥。打鬥中拳來腳往，多是一閃即逝。但作者描繪起來，每一下姿式都十分清楚，尚有回筆解説之妙，使有如電影中用慢鏡映出打鬥一樣。

胡斐更不打話，縱身躍起，左拳便向福康安面門打去。這一拳乃是虛勢，不待福康安伸臂擋架，右手五指成虎爪之形，拿向他的胸口……

福康安「噫」的一聲，逕不理會他的左拳，右手食指和中指陡然伸出，成剪刀之形，點向他右腕的「會宗穴」和「陽池穴」，出手之快，指法之奇，胡斐生平從所未見。

在這電光石火般的一瞬之間，胡斐心頭猛地一震，立即變招，五指一勾，便去抓他兩根點穴的手指，只消抓住了一扭，非教他指骨折斷不可。豈知福康安武功俊極，竟不縮手，其餘三根手指一伸，翻成掌形，手臂不動，掌力已吐……

胡斐大駭，這時身當虛空，無法借力，當下左掌急拍，砰的一響，和福康安雙掌相交……

——《飛狐外傳》第十九回

上段述說胡斐錯認陳家洛是福康安，想將之擒下。可知陳家洛絕非弱者，在心緒茫然之際，一瞬間就和胡斐對換了七八式精深招式，其中包括「虛招、擒拿、點穴、扭指、吐掌、拼力、躍退、調息」等等變化。雖然是述說霎眼之事，而作者文筆就如電影慢鏡一樣一刻一劃，層次分明地向讀者交待得清楚俐落，毫不含糊。電影的描述方式，除慢鏡外，還有「近鏡」，也在金著中出現。看下段描述：

（段譽）雙手捧著一掬清水，走到木婉清身邊，道：「張開嘴來，喝水吧！」木婉清微一遲疑，流了這許多血後，委實口渴得厲害，於是揭起面幕一角，露出嘴來。

其時日方正中，明亮的陽光照在她下半張臉上。段譽見她下頦尖尖，臉色白膩，一如其背，光滑晶瑩，連半粒小麻子也沒有，一張櫻桃小口靈巧端正，嘴唇甚薄，兩排細細的牙齒便如碎玉一般，不由得心中一動：「她……她實是個絕色美女啊！」這時溪水已從手指縫中不住流下，濺得木婉清半邊臉上都是水點，有如玉承明珠，花凝曉露。

——《天龍八部》第四回

上文寫木婉清蒙了面幕，露出半邊臉孔飲水嬌豔無倫的美態。全段除了作者以優美文字形容她的絕色之外，還用上電影中的「近鏡」手法，將木婉清的下半邊臉推到我們眼前：但見驕陽之下，美人容膚剔透，齒如碎玉，櫻唇微張，一串串水珠自纖纖玉指縫中流下，點點滴滴的濺在吹彈欲破的臉上，景致美豔無儔，叫人心弦震盪。這種驚心豔絕的描述，能不歸功於「大特寫」的電影手法麼？

在各種藝術媒介之中，電影技巧有一種最特別的敘事方法，就是「定格」。將活動的畫面安然中止，凝住影像。想不到金庸竟然也可以在小說中運用「定格」，甚至引起最長久的爭論：

> 苗人鳳這一招「提撩劍白鶴舒翅」只出得半招，全身已被胡斐樹刀罩住。他此時再無疑心，知道眼前此人必與胡一刀有極深的淵源，歎道：「報應，報應！」閉目待死。
>
> ……
>
> 那時胡斐萬分為難，實不知這一刀該當劈是不劈。他不願傷了對方，卻又不願賠上自己性命……當此之際，要下這決斷實是千難萬難……（此刪節號原文所有）
>
> ……

胡斐到底能不能平安歸來和她相會，他這一刀到底劈下去還是不劈？

——《雪山飛狐》第八回

上文是《雪山飛狐》卷末苗人鳳和胡斐的大決鬥，胡斐找得苗人鳳破綻，要順勢劈死他。但他因苗若蘭之故，不欲殺其父。可見機會稍縱即逝，他不殺苗則一定為苗所殺，心中難以決斷（想來作者亦難以決斷，便讓讀者自行決斷），於是運用「定格」的手法，將半招「提撩劍白鶴舒翅」凝住，使形勢不作絲毫推展，作個沒有終結而下幕。這個「定格」於是留下了最受爭論的結局。

除了這些典型的電影手法的描述外，論電影式影像，生動逼真的反是那不大起眼，《俠客行》中的開場。

這一日已是傍晚時分，四處前來趕集的鄉民正自挑擔的挑擔、提籃的提籃，紛紛歸去（銀幕出現暮色四合，各自趕著回家的鄉民）。突然間東北角上隱隱響起了馬蹄聲。蹄聲漸近（配樂效果），竟然是大隊人馬，少說也有二百來騎，蹄聲奔騰，乘者縱馬疾馳（近鏡）……馬上乘者一色黑衣，頭戴范陽斗笠，手中各執明晃晃的鋼刀（特寫鏡頭）……旁人見到這夥人如此兇橫，哪裏還敢動彈？有的本想去上了門板，這時雙腳便如釘牢在地上一般，只是全身發抖（近鏡），要他當真絲毫不動，卻也幹不了。

離雜貨舖五六間門面處有家燒餅油條店，油鍋中熱油滋滋價響（鏡頭轉移），鐵絲架上擱著七八根油條（鏡頭再轉），一個花白頭髮的老者彎著腰，將麵粉捏成一個個小球（鏡頭再轉，特寫），又將小球壓成圓圓的一片……各人凝氣屏息之中，只聽得一個人喀喀的皮靴之聲，從西邊沿著大街響將過來（銀幕上見到一雙大皮靴移動的特寫）。

這人走得甚慢，沉重的腳步聲一下一下（配音），便如踏在每個人心頭之上。腳步聲漸漸近來，其時太陽正要下山，一個長長的人影映在大街之上（鏡頭用極低的視野角度，皮靴、人影，佔滿大部分銀幕）。隨著腳步聲慢慢逼近。街上人人都似嚇得呆了……

從上文的描述，可見作者運用靈活的文字，將敘述的事物極為影像化，將讀者從書本中帶進銀幕，自行「創造感覺」。這樣的描述，提高了不少閱讀上的享受，這種電影式寫法，中文小說中罕見。

除了電影式手法和場面之外，具有舞台的場面也不少。

「射鵰」中牛家村就是一個大舞台。郭靖、黃蓉在牛家村密室療傷。場地是固定的，但情節的推展，就在這個固定的場地發生，密室的郭黃二人，先後看到陸冠英、程瑤迦、尹志平的友友敵敵，陸程的結為夫婦，歐陽克的逼程瑤迦穆念慈二女，楊康的計殺歐陽克，梅超風的力戰全真七子等等，全在一個固定的空間上演。

「天龍」中聾啞老人蘇星河擺下珍瓏，亦是一個舞台劇場，霎時間，差不多「天龍」中的著名人物都跑到那裏，一觀棋局，而又各有戲份。同書卷末，王夫人在草海屋中擒得段譽。一干人物，又聚首一堂。計有四大惡人、慕容復徒眾、段正淳扈從等等。尤其難得的竟是段正淳的妻妻妾妾，竟也闔府光臨，無一缺席。這個舞台，上演了別出心裁的設計捉拿戲，上演了淒豔浪漫的殉情戲。有狠絕無情的情殺戲；有痛斃從人，認賊作父戲；亦有生父仇人身世大白戲。的是好戲連場，不失一齣極可觀的舞台劇。此外，《雪山飛狐》一書，更是典型的舞台劇，讀者閱書就如觀劇。金庸的影劇手法，描述得最出色的，要算是《飛狐外傳》中，苗人鳳尋妻一場，特引出來，讓讀者一再欣賞。

大廳之上，飛馬鏢局的鏢頭和趟子手集在東首，閻基與群盜集在西首，三名侍衛與商寶震站在椅子之後，各人目光都瞧著苗人鳳、田歸農與美婦三人。

苗人鳳凝視懷中的幼女，臉上愛憐橫溢，充滿著慈愛和柔情……

那美婦神態自若，呆呆望著火堆，嘴角邊掛著一絲冷笑，只有極細心之人，才瞧得她嘴唇微微顫動，顯得心裏甚是不安。田歸農臉如白紙，看著院子中的大雨……三個人的目光瞧著三處，誰也不瞧誰一眼，各自安安靜靜地坐著，一言不發。

苗人鳳望著懷裏幼女那甜美文秀的小臉，腦海中出現了三年之前的往事。這件事已過了三年……苗人鳳想到當年力戰鬼見愁鍾氏三雄的情景，嘴角上不自禁出現了一絲笑意……於是他想到腿上傷癒之後，與南小姐結成夫婦，這個刻骨銘心、傾心愛護的妻子，就是眼前這個美婦人……

終於有一天……終於在一個熱情的夜晚，賓客侮辱了主人，妻子侮辱了丈夫，母親侮辱了女兒。

那時苗人鳳在月下練劍，他們的女兒苗若蘭甜甜地睡著……(此刪節號原文所有)南蘭頭上的金鳳珠釵跌到了床前地下，田歸農給她拾了起來，溫柔地給她插在頭上，鳳釵的頭輕柔地微微顫動……

……

她聽到女兒的哭求……

自從走進商家堡大廳，苗人鳳始終沒說過一個字，一雙眼像鷹一般望著妻子。外面在下著傾盆大雨，電光閃過，接著便是隆隆的雷聲。大雨絲毫沒停，雷聲也是不歇的響著。

終於，苗夫人的頭微微一側。苗人鳳的心猛地一跳，他看到妻子在微笑，眼光中露出溫柔的款款深情。她是在瞧著田歸農。這樣深情的眼色，她從來沒向自己瞧過一眼，即使在新婚中也從來沒有過。這是他生平第一次瞧見。

苗人鳳的心沉了下去，他不再盼望，緩緩站了起來，用油布細心地妥貼地裏好了女兒……他大踏步走出廳去，始終沒說一句話，也不回頭再望一次……

大雨落在他壯健的頭上，落在他粗大的肩上，雷聲在他的頭頂響著。

小女孩的哭聲還在隱隱傳來，但苗人鳳大踏步去了……

這段極具戲劇感的描述，同時糅合舞台劇與電影的語言。開場是商家堡的大廳，一干人物都集中在這個舞台上，滂沱大雨營造了沉重氣氛，舞台東邊是鏢局鏢師，西邊是死對頭的群盜，舞台中央是旁角的官差和屋中少主。之後是氣勢懾人的粗漢上場，彪形冷面的大漢抱著嫩如春花的女嬰，目光卻是柔情無限，好一齣舞台劇上演的序幕！

隨之是電影鏡頭式描述。鏡頭掃向美婦（近鏡）。我們見到她那呆呆的神情，那心裏動盪不安、掛嘴角的冷笑。鏡頭輕轉，掃向美婦的情郎（近鏡）。見到他臉如白紙，呆望滴雨。鏡頭再轉到形容枯槁的苗人鳳身上（近鏡）。慢慢又轉移到他懷中那甜美的小女兒臉上。之後是「淡出」，鬆鬆矇矇的鏡頭漸漸清晰，映出苗人鳳的回憶。他怎樣獨戰鬼見愁鍾氏三雄，怎樣與南蘭結婚。鏡頭同時帶出恬靜溫馨的畫面：天下第一高手怎樣在月下練劍，天真無邪的小女孩是怎樣酣睡。跟著出現美人的「特寫」，頭釵跌在地上。鏡頭又拉闊，見到一個俊美的男子，怎樣向美人示好，巧妙地交待出賓客怎樣挑逗主人的妻子。

跟著，敘事的鏡頭，又「溶入」回到當時的世界，傾盆大雨，夾雜著隆隆雷聲、電光閃閃，烘托出劇情高潮的來臨。是私奔的情人亡命竄逃？是失意的丈夫大開殺戒？作者借一場罕有的大雨，將眾人逼停在一個狹窄的空間。從而寫出每一個人的背負、慾望，交織成的錯綜複雜的關係。這場豪雨產生極具作用的戲劇效果。當中雨點滴滴、電光閃閃、雷聲隆隆，像要洗滌每個人的塵垢，照耀出每個人的貪嗔，喝醒每個人的慾望。大家都是默默無語，而心中所思卻又比任何時候更紛雜。結果，舞台上苦戀的丈夫，終於見到妻子對情郎的情深一笑而心死。鏡頭下是雨點落在他的頭上、肩上的特寫。全場沒有對白，只有雨聲、雷聲、女兒的哭聲。被遺棄的丈夫一言不發而來，在風雨中也是一言不發傲然獨去，更顯出他毅然承擔著心中那無窮無盡、淒風苦雨所帶來的壓力，把英雄低首的悲愴，推到至高境界。

第十章　《天龍八部》之武俠外衣——論金庸最佳小說

朋友之間談話，常常扯到金庸小說之中，那一部最好。這個問題，一時真難下斷語。因為每部作品，都有每部的特色，各擅勝場，難以比較。不過後來想想，朋友所說的，其實是那一部小說最好看、最有吸引力。

最有吸引力、最好看的書和作者金庸寫得最好是那一部書，其實是兩回事。金庸寫得最好的那一部書，可能並不是最好看的那一部書。為什麼呢？因為評論一部書寫得好不好，是客觀的，要理由充分、分析得當，說出來的道理大家都同意。但那一部書最好看，是主觀的、是個性所愛好的。甲覺得好看，乙未必同意。而甲要乙隨自己的見解，也全無價值。小孩子走進電影院，最好看的電影是卡通，一切經典之作都要讓路，他們心目中卡通是最好的電影。這種看法，我們不會贊同，但也不能反對。事實上卡通片也有好電影。而觀賞者的欣賞角度，我們也應尊重，不能強迫別人跟自己一樣。

金庸那一部書最有吸引力，答案既然因人而異，難下定議，不如先談談金庸那一部小說寫得最好。（筆者以為寫得最好的，也是極個人的看法，難以絕對客觀。）

情節人物　人性愛情

有人以同樣的問題問金庸，金庸的答覆是這樣：長篇比中篇短篇好些、後期的比前期好些（見《鹿鼎記》後記）。根據這條線索，金庸自己認為寫得最好的，應該是「封筆之作」——《鹿鼎記》了。究竟《鹿鼎記》是否真的寫得最好呢？

在金庸的「飛雪連天射白鹿，笑書神俠倚碧鴛」（加上短篇〈越女劍〉）十四部作當中，最先的是《書劍恩仇錄》，我們便從「書劍」談起。

金庸的長篇勝短篇，在寫作過程中，進步也是明顯的。但不能說最後作品《鹿鼎記》，得分最高；而《書劍恩仇錄》寫得最早，得分最低。它們之中肯定有差別，但評分的差距，應該不是那麼大。不同的評論者，甚而會給予絕對相反的分數。為什麼會有這個現象呢？原來細視之下，金庸的作品，每一個時期都有他偏重的地方，有不同的刻意（或不自覺）描述。因作者每部作品描寫偏重的地方不同，論者所落的焦點亦有異，所以往往產生不統一，甚而極不同的判斷。

「書劍」雖然是金庸第一本面世的著作，但已顯露出作者是第一流小說家的才華。此書一出，文壇矚目，已視作者為奇才。（是一位前輩所說，因筆者當年尚是小孩子。）說來奇怪，雖然當時未讀到這部著作，但「書劍」仍是筆者最先接觸到金庸故事的小說。

記得還未滿十歲，便有蹲在路旁連環圖書檔看連環圖的嗜好（當時沒有圖書館的設立）。在家長的半默許下，這是當時的最佳娛樂。曾經追閱一套連環圖，說荒漠狼群追噬人們的故事，神奇歷險，人物生動，情節緊湊。讀後回到家中，腦子裏仍老是這個故事。到中學的時候，有機會借得《書劍恩仇錄》來看，才知道那些連環圖的故事是抄《書劍恩仇錄》的，而且抄得十足，難怪這樣吸引了。

現今看來，猜度金庸寫「書劍」之時，是著力於寫人物的。紅花十四俠響噹噹的名字，就是最好的證明。格調上亦與寫人物見稱的《水滸傳》相近。作者企圖透過書中性格各異的人物，串連出一部動人的小說，頗有偏重於寫人物的意思。但結果寫出來，人物固然不錯，但沒有超然的特色（尤其與後期作品的人物比較），反而書中寫得最好的，是場面的設計、情節的結構，和氣勢的鋪揚。「書劍」一書縱然有《水滸傳》各路英雄好漢的影子，但始終以情節結構大備吸引力。

「書劍」中吸引讀者的地方，是情節的轉接推展，既有柳暗花明之妙，復有一波又一波之壯闊波瀾。開場不久，眾英雄搶救文泰來，情節的發展就如滿弦扣矢，銳勢難當。迭起的高潮，將故事拉得緊緊。隨之鐵膽莊周仲英毀莊殺子驚變，一步一驚心。乾隆皇帝之會陳家洛，跌宕有致。場面的設計，氣勢的雄邁，都寫得精采絕倫，最難得的是寫韓文沖被紅花會群豪神技折服，黯然驚歎，心如死灰，頓萌隱遁江湖之念的描寫，令人感慨而同情。（此後金庸再沒有類似的描述，更見可貴。）即使分量不重的計賺王維揚與張召重惡鬥，一樣設計得非常巧妙，令人看得眉飛色舞。縱使現在讀得到的小說，也難找到這樣精采的情節設計。作者金庸在這方面的刻意和成就，在當時文壇已吐綻寫作的華采。但後來的高昌古國、陳家洛與香香公主之戀，氣勢銳減，反而不及。不過，對愛看情節變化的讀者，金庸作品之中，《書劍恩仇錄》仍是首選。

光以情節見稱的，應是金著「兩劍」中的《碧血劍》。在同一書中，以人物、結構、情節、敘事技巧和神異色彩而言，《碧血劍》的情節結構最有特色，人物描述則比較平淡。袁承志和溫青青，被評為缺乏性格深度。其他的人物也較虛浮。與金庸自己筆下的人物互相比較，這種說法亦不為太過。

《碧血劍》中吸引人的地方也是情節。袁承志的投拜穆人清門下，得木桑傳藝，獲金蛇郎君秘笈的過程，讀來趣味盎然。及袁承志挾藝下山的經歷，更如水匯長河，滔滔翻滾氣勢自成。袁承志鬥石樑五老，掀出金蛇郎君的情史，與石樑派的恩怨，寫得回環緊扣，細針密縫。恩由怨起，怨自恩生。一卷在手，細讀下來，真箇中夜不寐，欲罷不能。隨後義救焦公禮、教訓二師兄歸辛樹門下徒眾，佳著連呈；後技壓七省群雄而引出五毒教，情節的推展，奇巧之中帶著詭異，復又再牽上金蛇郎君的往事，與卷首回應。連連伏筆，能不掩卷而歎？

讀者在閱讀之時，從作者對金蛇郎君的倒述、複述、側寫等等，已見金庸別出心裁的寫作技巧。小說的吸引力，是情節奇峰迭出的吸引。內容從袁承志學藝、金蛇郎君的情史和與石樑派的恩怨，及後遊走江湖的經歷說來，均見作者側重橋段推展和情節結構。不過金庸後來修訂改寫，很多地方都失卻原來味道，比較醇和而少了原來一份精銳之氣。故「兩劍」比較，同以情節見稱，「書劍」仍高出一線。

「兩劍」之後的長篇是「兩鵰」——一是《射鵰英雄傳》，一是《神鵰俠侶》。兩書的寫作比重，再不是情節；在「射鵰」中刻意於人物、武功和神異色彩；在「神鵰」中則是側重人物和人性的描寫。

「兩鵰」的情節其實非常薄弱。《射鵰英雄傳》只不過楞小子郭靖的學藝、遊歷和愛情故事。當然我們不能說「射鵰」的情節一無可取。丘處機惡鬥江南七怪、完顏（洪）烈的計奪包惜弱、成吉思汗的戰陣、訪尋一燈大師為黃蓉療病等等，都有可觀的橋段和描寫。但它的比重、精采的地方，遠不如書中人物的吸引和神異武功的描繪。「射鵰」中的東邪西毒、南帝北丐、全真七子、江南六怪、梅超風、周伯通、裘千仞兄弟、瑛姑……每一個人物，都寫得血肉俱全，雄、豪、詭、冷、怪、邪、嗔、怨的性格，躍然紙上。令人愛之恨之，懼之厭之。這些虛構中的人物，在朋友相談之時，琅琅於口，就像活在我們生活圈子裏的人物一樣。「射鵰」中人物描寫的成功，當無異議。

「射鵰」另一成功是作者對武功神異嶄新的闡釋。銅屍鐵屍的詭異、白駝山的蛇群、東邪鳳簫的魔力、武功內力的轉注，的確令人大開眼界。而神化的武功、全真七子的陣法、東邪西毒南帝北丐的各負神威，相剋抗衡，紛呈妙著。作者對武功的描述大大跨越前人的成就，《射鵰英雄傳》是金庸筆下，最具武俠色彩的武俠小說，亦為當代文壇視為金庸成名之作。

「神鵰」的主要情節更薄弱，但寫人物寫得更深刻，更入人心。全書寫楊過在古墓派照顧下的成長和戀愛等故事。主要的情節不過是楊過小龍女與李莫愁及全真教的糾纏，絕情谷與公孫止的惡鬥和公孫止夫婦間恩怨。其他的如與金輪法王之爭、楊過與郭靖黃蓉及諸女的關係等，不過綠葉。

金庸在「神鵰」一書中，從人物塑造的努力，轉移到人性深刻的描寫，人物更有內心世界。其中幾個人物的性格、人性的表現的描寫，提升到作者自己的一個新高峰。就如小龍女的清絕、李莫愁的情癡潑辣、公孫止的險狠、裘千尺的怨毒、公孫綠萼的清真、楊過的拂逆以至成長，都有極淋漓盡致的描述。書中人的性格、際遇、呼吸，彷彿都是屬於讀者自己的，讀者和書中人物跳著同一的脈搏，同悲共喜、與愁齊樂。寫小說人物而有這樣的成就，論者何能抹煞。

「射鵰」是武俠小說中的武俠小說，「神鵰」則是武俠小說中的愛情小說，武俠只不過是這部小說的外衣。武俠描述反而有退倒現象，武鬥的吸引亦不如前，神異色彩再不繽紛，或而過分（對情花的過分神化渲染）。不過人物寫得好，寫情寫得濃，可算是情性之作，光只是郭襄對楊過幽幽的癡戀，難宣於口，如怨如慕，就牽動不少妙齡少女的凡心。

長篇小說，「兩鵰」之後是「兩天」——《倚天屠龍記》和《天龍八部》。「倚天」，既承上如「神鵰」之注重人物的描述，亦復注重情節和結構，對愛情故事，比重亦不低。從寫作方向而言，幾方面的比重甚平均。換句話說，每一方面都努力，沒有那一方面有特殊的光芒。「神鵰」是愛情小說，「倚天」也有愛情，但它的特色卻更接近偵探小說。誰害武當俞三俠，弄得他半生殘廢？金毛獅王為什麼狂性大發？後來又為誰所害？是趙明（敏）害他？還是另有其人？誰要誅少林、滅武當了？一個個疑問打出，一個個情節去推解。「倚天」的成就是穩重的、潛隱的，亦如身在高原上，丘壑未見，早已拔越群峰。

《天龍八部》則是金庸小說另一高峰得意之作。許多人批評「天龍」寫得太亂、太散。依筆者看來，「天龍」卻是金庸諸作之中，最博大精深的作品。它幾乎總括了金庸武俠小說中的一切優點。既有誤闖桃源、柳暗花明的局面，亦有千溪萬水、東向歸源的章法。段正淳一人的身分，牽附著書中人物千絲萬縷的關係。傘張這些關係，數出一個又一個動人的故事。光論作者脈絡敷陳的手法，亦足以奠定文壇至尊地位。

人物方面，「天龍」最繁多而性格各自凸顯。雖然重複一些以前作品的人物，性格上有似曾相識的感覺，這作者自己亦早有說明。這不是對人物描述的沒有進步，而是作者存心將筆下創造的人物總結一下，再在精心巨構出現（可能當時金庸已視之為封筆之作）。話雖如此，在創造英雄形象方面，蕭峰的為人性格、描述他的手法，已達登峰造極的境界。比金庸最刻意描述的大俠郭靖和楊過，神采得多。簡直勝盡前書，來者不及。

至於段譽、虛竹、慕容復、遊坦之、丁春秋、鳩摩智、段正淳……等等一干人物，動人之處的描寫，比前有增無已。

武功的描述，在「天龍」中更跨前一步，將「射鵰」、「倚天」中的神化武功，作更進一步的誇張。一陽指化展成六脈神劍；乾坤大挪移、太極拳化為姑蘇慕容獨步天下的「以彼之道，還施彼身」的神功。還有鳩摩智的火焰刀，高手匯流御氣，隔空殺人於無形，端的厲害。少林寺前，天龍三雄大戰丁春秋、遊坦之、慕容復三人，痛快淋漓。不過武功設計過於神化，與全書人物的踏實、情節的真實感頗有距離。事實上，書中對武功的描述，亦無復使讀者有如讀「射鵰」時的如癡如醉。

「天龍」中作者表現的路向，最著力的，而又最成功的，是人性的描述。

全書以蕭峰、段譽、虛竹三人的事跡為經脈，不著痕跡地串連在一起，寫盡人生的慾望、人生的癡怨、生命的無奈，浮現出不同生命的孽和緣。書中所描述的人物，在他們生命中都有癡望，如慕容氏之復國、蕭峰之遼漢息爭、鳩摩智之圖雄、游坦之及段譽對愛情之執著癡迷等等。他們都迸發出生命力，追求理想，努力不懈，一往無悔。可惜造物弄人，沒有多少人能遂卻心願。反之，失意與無奈，卻苦苦相纏，每每使人掩卷浩歎。

書中指出世事往往人算不如天算，有人有心栽花花不發，有人卻無心插柳柳成蔭。聾啞老人蘇星河擺下珍瓏一局，謀者不得，得者不謀。也寫出各人有各人的貪嗔，各人有各人的緣分，各人有各人的脆弱。平凡之中，夾滲著不少人終身參悟不透的哲理。書中所寫的，再不是文字表面所說的武俠故事，而是寫盡天人角力，世情得失無端，世道蒼涼無奈。對人性、世道的啟示，澄明透徹。

對不常看小說的讀者，讀《天龍八部》一次，只覺人物眾多，關係複雜，使人眼花繚亂。讀第二次，知道了它的內容故事。讀第三次，方知其味髓。《天龍八部》是一部人性小說，一部最堪探索回味的小說，筆者極之欣賞，許為金庸小說之中，成就最高的作品。

偵探武功　政治傳奇

「天龍」之後是《笑傲江湖》。《笑傲江湖》是一部政治小說。這部小說，最特出的是作者的寫作技巧和精心的鋪排，寫得最薄弱的是愛情，其他的地方，保持著金庸自己的一貫水準。

人物方面，最見特色的是書中主人翁令狐沖的武藝。令狐沖一劍在手威風八面，無劍則不靈。作者大抵覺得如果將令狐沖寫得太強，一面倒的無敵就局限了故事的發展。若又是技冠群英，又是罕逢敵手的一套，或令讀者麻木，大大削弱了全書的可讀性。於是取了一個折衷辦法：主人翁並非萬能，本身亦有弱點，必有依靠才能剋制群魔。於是就像美國開墾西部初期的槍手一樣，必須依賴手中的武器；西部槍手依賴的是槍桿，令狐沖依賴的則是利劍。

這種寫法，是一種突破，但如果依金庸一向給讀者有關武功的概念，又矛盾之極。君不見金庸在《神鵰俠侶》一書中，對利劍的使用，有這樣細緻的描述：

楊過提起右首第一柄劍，只見劍下的石上刻有兩行小字：「凌厲剛猛，無堅不摧，弱冠前以之與河朔群雄爭鋒。」……再看那劍時，見長約四尺，青光閃閃，的是利器……青石上也刻有兩行小字：「紫薇軟劍，三十歲前所用，誤傷義士不祥，乃棄之深谷。」……

原來那劍黑黝黝的毫無異狀，卻是沉重之極，三尺多長的一把劍，重量竟自不下七八十斤……見兩行小字道：「重劍無鋒，大巧不工。四十歲前恃之橫行天下。」……去取第三柄劍……那知拿在手裏卻輕飄飄的渾似無物，凝神一看，原來是柄木劍……劍下的石刻道：「四十歲後，不滯於物，草木竹石均可為劍。自此精修，漸進於無劍勝有劍之境。」

——《神鵰俠侶》第二十六回

原來用劍的最高境界，是草木竹石均可為劍，但令狐沖用的始終是普通利劍，憑此論與之一比，令狐沖功力只在第一層劍士境界。說令狐沖仗劍在手，便無敵於天下了，顯然有點矛盾。不過瑕不掩瑜，金庸在其他方面寫得好，又有誰計較這些微末的得失了！

《笑傲江湖》全書著力於權力爭奪的描寫。小說中，無論是核心人物，或旁及枝節人物，突然間都有爭奪大權的野心。魔教中任我行和東方不敗的爭奪教主大位是全書故事骨幹。正教中左冷禪的陰謀控制五嶽派也處心積慮。偽君子岳不群也暗中撈上一手，然後滿口謙讓，堂而皇之登上正教群雄中第一把交椅。正教亦有不斷以殘殺手段戕伐同門，奪取領導地位。華山派一門之內，劍宗、氣宗幾十年來的爭鬥更淒厲慘絕，比之與派外人士的爭鬥更激烈無情。五嶽劍派中，除了恒山派女尼比較切愛同門之外，餘者都是同派之中，不乏異心之士。此外，全書中大部分人物，都傾力於追尋葵花寶典，不惜大耍手段，罔顧道義。何以故呢？因為得了葵花寶典，便能領袖群倫。說穿了，仍然是爭奪第一的權力。所以說《笑傲江湖》是一本爭奪權力的政治小說。

「笑傲」的內容偏重於權力慾的描寫，作者連一貫迷倒不少青年男女的愛情也淡化了。愛情線在整部小說中與其他元素的成分相比，淡如開水，聊備一格。

《笑傲江湖》的進步是金庸小說技巧的更進步。前述的令狐沖要靠武器（利劍）才能發揮武功的特色是其一；開場詭異的寫法是其二，福威鏢局的無端滅門之禍，令狐沖出場前的鋪揚接引，都表現出極高明的寫作技巧；至於諧謔場面的處理與使人會心微笑、啞然失笑、連番狂笑的描寫則是其三。稍有寫小說經驗的人，都知道招笑諧謔的場面最難寫。寫得不慍不火，恰到好處又是難上加難。金庸將周伯通頑皮、真趣的德性化而成為愛詼自戀的桃谷六仙。凡事夾纏不清，本領（武功）又大，真是對之無可奈何，又往往被他們六兄弟弄得啼笑皆非，大笑狂笑。一般作者即使早有故事內容，但無高度寫作技巧，也不能表現出此書的靈活生動。

《笑傲江湖》之後是《鹿鼎記》。在金庸一系列作品中，《鹿鼎記》是最受人爭論的一部小說。有人譽為寫得最好，有人評為寫得最差，雙方持有最相反的意見。對這部小說之所以產生這樣絕對的看法，一是這部小說的風格，二是故事中主人翁韋小寶所引起的爭論性，一時間不知他是正是邪，是忠是奸。筆者對韋小寶的看法，已見諸另著《金庸筆下世界》第一章，肯定了韋小寶其中可取之處，循著這條軌跡，可知筆者對此書立場是站在那一方了。

朋友之中，便有許多人對《鹿鼎記》不滿，表示極為失望，為什麼呢？因為他們以看武俠小說的心情去看《鹿鼎記》（其實這樣是很直覺的），以評武俠小說的眼光去評《鹿鼎記》，才產生這樣的感覺。在《鹿鼎記》裏，肯定並沒有足以填飽武俠小說饑渴的武俠素材，所以便大失所望。

其實在金庸武俠小說當中，自「射鵰」以後，武功、武俠的描述，只不過是一種工具，就像舞台上演員的外衣。「神鵰」的武俠外衣之下是愛情，「天龍」的武俠外衣之下是人性等等，而《鹿鼎記》卻披上最襤褸的武俠外衣。所以如果光看外衣，便會使急躁的人不滿。不過演員即使披上最襤褸的外衣，只要編、導、演俱佳，怎能說沒有成績？

《鹿鼎記》是金庸寫得最「好」的一部小說，它的「好」，在它的寫作技巧，而非在其他方面的。如果用其他因素與之相比，金庸的許多部小說都有勝過《鹿鼎記》的地方，但以寫作技巧而論，毫無疑問，是《鹿鼎記》第一。

《笑傲江湖》是一部政治小說，《鹿鼎記》則是一部奇情小說。金庸對人心之描繪，得心應手，更細微深摯。其中許多人性微妙之處，都寫得入木三分，使人拍案叫絕。金庸的小說技巧運用嫻熟，簡直像諸葛亮的七擒七縱孟獲，縱擒之間，從心所欲；亦可謂像趙子龍百萬軍中尋阿斗般，出出進進，勢道如風，來去自如。讀《鹿鼎記》有如看作者作庖丁解牛的表演，令人瞠目叫絕。

即以韋小寶的左右逢源、逢凶化吉的經歷為例，其中的轉接連扣，寫得真實流暢，順理成章，就非一等一的高手不可為。論《鹿鼎記》的寫作技巧，最淺白的例子，莫如將韋小寶的性格和囊括的天下十種第一，一一排列開來，找人把這些素材，重新編寫成小説，有誰人敢説會比金庸寫得更好？且看《鹿鼎記》中一段敘述：

> 康熙笑道：「他媽的，你這小子倒也長高了。」童心忽起，走下御座，説道：「咱們比比，到底是你高還是我高。」走過去和他貼背而立。韋小寶眼見跟他身高相若，但皇上要比高矮豈能高過了皇上，當即微微彎膝。康熙伸手在兩人頭上一比，自己高了約莫一寸，笑道：「咱們一般的高矮。」

上文短短百餘字，將康熙和韋小寶的性格，表露無遺。兩人交好的真摯，韋小寶謙讓之中奉承的不著痕跡，康熙的優容親切、知人自知之明，都一一躍於紙上。讀者亦會給當時的親摯融和感染，呈溫暖祥和的心境，這便是作者優秀的寫作技巧其一表現。

《鹿鼎記》中韋小寶寫得好，吸引不少讀者，但忽略了作者對康熙也寫得極好。將一個年少的萬乘之尊寫得那末雄才大略，難得的同是那末人性深厚，尊嚴中可親可近。他不時流露出對國民的關心、對社稷的責任感和常人的喜怒哀樂的真感情。而他偉大的人格，在無影無形之中，淡淡地滲出來，使人感到他對國家人民的關心無所不在。有人以為韋小寶最堪學習，但筆者以為，倒不如學學書中的少年康熙待人處事，更有意義。對處於領導地位的人才，更不可不細意揣讀。

諧趣的橋段，是寫小說中最難寫的地方，但《鹿鼎記》一書，處處以諧謔的描述綴成，難度之高，稍有寫作經驗的朋友都同意。所以說《鹿鼎記》寫得最好，確實如此。

《鹿鼎記》寫得好，是寫作技巧好，是技術上的精到。在創作上能到達巧妙，是不是已到最高境界？筆者讀過一首巧妙的詩，寫出讓各位欣賞：

碧蕪平野曠　黃菊晚村深

客倦留甘飲　身閒累苦吟

上文是一首由王安石作的回文詩，名叫〈碧蕪〉，倒讀也可以：

吟苦累閒身　飲甘留倦客
深村晚菊黃　曠野平蕪碧

作詩要講技巧，作回文詩要求的技巧更高。但作品到了一定的水準，便不應癡求於技巧。李白〈靜夜思〉「床前明月光，疑是地上霜。舉頭望明月，低頭思故鄉。」更得人稱頌流傳。明白這個道理，可見《鹿鼎記》是極難寫的而寫得極好的小說。但在金庸小說中，不可以算為最佳作品。金庸的最佳作品，筆者認為應是令人再三重讀猶低回詠歎的《天龍八部》，這一部側重人性、文學的武俠小說。

總括而言，金庸的武俠小說，各有各的成就，偏重更有所不同，最先重於情節，後來是武功、人物和愛情，進而偏寫人性，最後玩弄寫作技巧。究竟哪一部書好看，要看各人的性格和口味而定了！

附錄

附錄一

教授向金庸挑戰

楊興安

金庸小說博大多姿，不同背景的讀者，都有不同角度的感受，都有不同的看法，都愛各抒己見，造成萬花筒般多彩熱鬧景象，最正常不過。

每個人的感受不同，我們都應該尊重。不能硬說對方是錯的，自己才對。例如一杯溫水，有人也說它不熱，亦有人說它太冷。硬要將自己的感受加諸對方身上，沒有意思，也沒有價值。但評論一件事的對與錯便不同，不能顛倒黑白，批評別人時總要有基礎，有理據支持，才是理性的討論，否則空費時力，智者不為。

袁良駿對金著的視野

金庸小說引起的迴響及評論極多，所以見到責難斥罵金著的文章，便極予重視。可是每次讀過之後，都令人失望。因為罵人太容易了，大都不能說出罵人的道理。只是說自己不喜歡而大罵特罵，發洩一番，別人對之每無可奈何。

拜讀當時北京大學袁良駿先生刊於《香江文壇》的〈新劍仙派武俠小說大家金庸〉大文，頗有些上述的感覺。良駿先生衷心說出對金庸小說的感受，當然值得尊重。但作為分析和探討金著成敗得失之處，理由顯然未夠充分。在袁先生眼中，金著最大的特點是什麼？他說：

「內功」成了金庸作為「新劍仙派」最本質特徵，也是金庸武俠小說的最大特點。……

內功一出，形勢大變，金庸武俠小說銷路陡增，評價日高，甚至被譽為「武林至尊」，梁羽生愈來愈屈居第二了。……

金庸武俠小說的成功……他還有一些出奇制勝的手段，然而，使他成為「武林至尊」的決完性因素則非這些「內功」莫屬。

奇怪的金庸內功論

袁良駿所說的「內功」，是指「射鵰」開始以內力施展的異常武功。他認為這是金庸小說成功的最大因素，然而，隨後卻說：

> 內功，也同樣是消極浪漫主義的描寫，它給人的同樣不是美感而是恐怖……在文學領域中也沒有價值。金庸小說的最大賣點，實際上是它們的最大致命傷。

筆者認為這樣的說法是感情的話，毫無根據而只是個人愛惡的說法。因為金庸描述的內功，並非是其最成功的地方和最大的賣點。金著最成功的地方是對人性深刻的描寫和人生的際遇，而內功的描述也沒有造成什麼致命傷。

對於金著武功的描述，筆者在《金庸筆下世界》第八章有這樣的說法：

> 作者所描述高手之中，大概可以分為陰陽兩路，陰柔的功夫柔和瀟灑，或陰鷙狠毒，如黃藥師、韋一笑、游坦之、虛竹、周伯通、玄冥二老等，以字體而喻，黃藥師武功如曹

娥碑，瀟灑俊雅；游坦之和韋一笑接近一路，可比乙瑛碑；虛竹周伯通飄逸流麗，猶如文徵明的行草；玄冥二老則如鄭板橋之怪異古樸。

陽剛功夫一是剛猛險峻，一是雄健淳厚，如文泰來、蕭峰屬堂正剛猛，字體中如顏真卿歐陽詢；歐陽鋒雖然狠辣，但亦屬陽剛一路，有如黃山谷字體的雄險；趙半山、宋遠橋雄健渾厚，有如趙孟頫行書；段王爺和南帝武功則屬雍和大雅，有類書聖王羲之的黃庭小楷的筆畫。

至於異常武功的描述，筆者引用桃花島三大高手過招一段，文筆美妙，達致高逸藝術境界，極具美感，何來「恐怖」、「致命傷」之言。

秦箏本就酸楚激越，他這西域鐵箏更是淒厲，郭靖不懂音樂，但這鐵箏每一音都和他心跳相一致，鐵箏一聲，他的心一跳。箏聲漸快，自己的心跳也加劇。只感胸口砰砰而動，極不舒暢……只聽得箏聲漸急，到後來如金鼓齊鳴，萬馬奔騰一般。驀地柔韻細細，一縷簫聲混入了箏音之中，郭靖只感到心頭一蕩，臉上發熱，忙又鎮懾心神。鐵箏聲音雖響，始終掩不了簫聲。雙聲雜作，音調怪異之極。鐵箏猶似巫峽猿啼，子夜鬼哭；玉簫恰如昆岡鳳鳴，深閨私語。一個極盡慘厲淒切，一個卻是柔媚婉轉。此高彼低，彼進此退，互不相下……這時弄嘯之人近在身旁樹林之中，嘯聲忽高忽低，時而龍吟獅吼，時而猿嗥梟鳴；或若長風振林，或若微雨濕花，極盡千變萬化之致。簫聲清清，箏聲淒厲，卻也各呈妙音，絲毫不落下風。三股聲音糾纏一起，鬥得難解難分。

對於金著描述武功的欣賞，何人看熱鬧，何人看門道，讀者一看自明。

寫愛情的敗筆與勝筆

袁文對金著責難的第二筆是「愛情描寫」，認為「又一致命傷」。他說：

金庸描寫的並非現代意義上的愛情，而是所謂一妻一妾，一妻多妾的齊人之福。金庸武俠小說中這種「一夫多妾制」，實在與現代愛情風馬牛不相及（指韋小寶）。金庸筆下的那些一男多女的多角戀愛，也同樣不是現代意義上的愛情，而是男子中心主義的「現代表演」，是候補的一妻一妾，一妻多妾。

良駿先生說得古怪極了，金庸小說中的愛情故事是幾百年前的愛情故事，怎會是「現代意義上」的愛情呢？「描寫的並非現代意義上的愛情」，理應如此，何錯之有？又造成什麼致命傷了？

其實在寫作上，一男一女，或一女多男的設計是寫作元素的設計，而非寫作高下的表現。良駿先生認為只有寫一男一女「現代意義上的愛情」才好，是眼光短窄的論調。若這種理論正確，古今中外許多愛情名篇都要出局，文壇便清淡得多，《紅樓夢》也要掃出門外了。

人生的際遇，自己認識的朋友，有多少人一生只牽動一次愛情的情愫波濤？多重式的愛情、繽紛的愛情，更能反映人生的實況。從廣大讀者對金庸小說中愛情描述的稱頌，金庸筆下所走的路實沒有錯，而良駿先生執意視為「致命傷」，豈不古怪？

創作要根據史實是門外漢話

袁文中說金著第三個敗筆是「戲說歷史」。即是小說情節與歷史不符，「亂點鴛鴦譜」。說到這裏，良駿先生批評金庸小說的基礎露了底。原來只憑一己之愛惡，而無視批評小說之基本條件。

小說，是創作。創作是假的，即是所說的故事是虛構的、杜撰出來的。當然，可以滲入一部分真人真事。但總體來說是一部虛構的故事。否則，它是傳記，它是新聞報告了。《三國志》才是歷史，《三國演義》是一部著名的小說，其中有許多虛構的故事和虛構的歷史人物事跡，我們公認它的偉大成就。依良駿先生的尺度，則是一部極有「致命傷」而不堪入目的書了？

我國小說成熟和發軔於唐代，唐代小說成為文學奇葩，其一成功因素便是懂得杜撰，把假的說得繪聲繪影，說得真有其事。唐代小說最初述志怪，說的是仙佛鬼神、幽冥之事，後來才出現人間世界的描述，到出現人物小說〈虯髯客傳〉而集大成。〈虯髯客傳〉開始時說隋煬帝命楊素守西京，引出李靖紅拂再引出虯髯客和李世民爭做真命天子。饒宗頤教授早年著有〈虯髯客傳考〉，指出文中多處脱離史實，說「文中與隋唐事乖違至多」，說明其非史實而是文學創作。〈虯髯客傳〉「戲說歷史」，可有減低此煌煌巨著之價值而不堪一睹？

袁文中良駿先生其他意見，都是他讀後的感覺，再談論亦意義不大。

（原載香港《香江文壇》二〇〇三年）

附錄二

金學研究的來龍去脈

楊興安

金庸已已，遺澤人間。

說及「金學研究」四個字的出現，有人如見至親，多方研讀或參與討論；有人嗤之以鼻，暗罵何來仿學《紅樓夢》「紅學」之「金學」，失敗自招。其實，研究金庸小說，是時代的產物，自有其出現的原因。「金學」究竟有沒有價值，要視乎「研究」者有沒有可觀的成果。

本人忝定為「金學」愛好者，但最初全不知這是一樁有計策、有步驟的計劃。一九七六年筆者年輕志氣，與朋友合資出版《標誌》周刊。寫了一篇談金庸小說的小文〈陳家洛變了小雜種——談男角〉以招徠讀者。後來公餘心無思慕，要寫本談金著的書，花了半年時間，才擬定寫作大綱，共二十章。因金著三十六冊內容豐茂，有恐提筆時既會疏漏，或會重疊，所以花了許多時間編配章節內容。

著文談金庸小說 反應甚佳

一九八二年開始撰作，結果只花了三個月時間，寫成十章，約十萬字，朋友鼓勵我立即寄給當時新成立的博益出版社。我謄正初稿，周一寄出，周二下午接獲總編輯施祖賢先生來電約見出版，當然高興雀躍。施先生說「我一晚讀完了，決定出版。」這十章書名為《金庸筆下世界》，於一九八三年春由博益出版。想不到，不久被倪匡以筆名「沙翁」的專欄品題三天。他說：

> 讀楊興安先生著《金庸筆下世界》，高興莫名。「金學」研究可以推而廣之，要靠眾多人一起來寫文章，分析、評介金庸的小說……楊興安文字極流利，全書可讀性極高，和有一些研究金庸作品的文字，艱澀難懂，引用大量外國人的話大不相同，但是他又有文學上的見解，格調極高……

《金庸筆下世界》在香港最少再版三次，聽說在台灣反應更烈。當時定價港幣十二元，因絕版多時，朋友告之三十多年後的今日，有人在網上拍賣，取價人民幣交六百多元。可惜本人如今亦只存一冊。

台灣出版社有計劃推動「金學研究」

想不到當時全台灣最大的遠景出版社老闆沈登恩，跑到香港找到我，請我寫續篇。我既尚有十章未動筆，一口答應下來。豈知踏入三年都不能成書。其間沈老闆每次到港，都帶有該出版社的「金庸研究」叢書給我參考，激勵寫作。我因而得到多冊台灣作家對金庸作品的評賞文章，不無裨益。

原來，沈登恩來港，事出有因。金庸小說在台灣原是禁書，是香港到台讀書的大學生暗中帶書入台，被同學輾轉借閱，地下風行一時。聰明的沈登恩運用他在台灣的人脈關係，取得金庸小說開禁。他在一九七九年九月獲得金庸小說出版權後，與聯合報和中國時報取得默契，邀約藝文及學術名家，在兩報副刊，強力推介金庸作品，兩報同時刊出金庸小說。聯合報連載《連城訣》，中國時報連載《倚天屠龍記》。沈氏再情商倪匡趕寫《我看金庸小說》，於一九八〇年七月推出。遠景更陸續出版研究金庸小說系列叢書，命名為「金學研究」，揭開有組織研究金庸作品的序幕。

回說相隔第一本談金庸著述五六年後，終於寫就餘下十章，書名《金庸小說十談》，是金庸替該書命名的。在港由「明窗」出版。在台灣第一本叫《漫談金庸筆下世界》，第二本叫《續談金庸筆下世界》。我的作品也被編入「金學研究」系列。以下是遠景出版的「金學研究」系列書目。

序號	書名	作者
一	我看金庸小說	倪匡
二	再看金庸小說	倪匡
三	三看金庸小說	倪匡
四	讀金庸偶得	舒國治
五	四看金庸小說	倪匡
六	通宵達旦讀金庸	薛興國
七	漫談金庸筆下世界	楊興安

八	諸子百家看金庸（第一輯）	三毛等
九	談笑傲江湖	溫瑞安
十	金庸的武俠世界	蘇墱基
十一	五看金庸小說	倪匡
十二	韋小寶神功	劉天賜
十三	情之探索與神雕俠侶	陳沛然
十四	析雪山飛狐與鴛鴦刀	溫瑞安
十五	諸子百家看金庸（第二輯）	羅龍治等
十六	諸子百家看金庸（第三輯）	翁靈文等
十七	諸子百家看金庸（第四輯）	杜南發等
十八	天龍八部賞析舉隅	溫瑞安
十九	話說金庸	潘國森
二十	續談金庸筆下世界	楊興安
二十一	諸子百家看金庸（第五輯）	余子等
二十二	淺談金庸小說	丁華

從上述所見，以倪匡個人作品最多。其他作家有按部評述，亦有隨意聊談。筆者最看重的，反而是各輯《諸子百家看金庸》，每輯擷集多位作家文章而成。因為內中有多篇文章是作者採訪金庸的訪問稿，許多記述都是金庸親口直接講述的。金庸絕少在香港接受談金庸小說的訪問，就此可補不足。猜想金庸的粵語不靈光，故比較愛在不說粵語的台灣接受訪問。訪問中更易於窺探金庸的心思學養。

金庸小說走入學術殿堂

據知最早把金庸作品帶入學院討論的，是一九八八年香港中文大學中國文化研究所辦的「武俠小說國際研討會」，聽說是由鄺健行、陳永明兩位教授主張和策劃的，會上不少學者已把論金庸小說作主題。當時該校黃維樑教授也有邀約筆者出席，不過由於工作上分身不暇，只交了論文〈論金著秉承傳統小說的香火〉，探討金庸小說怎樣受唐代傳奇影響。此次沒有赴會，誠屬遺憾。

一九九七年杭州大學（今浙江大學）舉辦「金庸小說研討會」，是首個由大學舉辦金庸小說專題的研討會。一九九八年，美國科羅拉多大學舉辦「金庸小說與二十世紀中國文學」，屬國際性學術研討會。二〇〇〇年十一月，北京大學與香港作家聯會合辦「北京金庸小說國際研討會」。至此，金庸小說已被多次帶進學術殿堂，諸色學者作家，見解紛陳。

各地舉辦大型金學研討會

地方性舉辦大型金庸小說研討會也盛行起來。一九九八年四月雲南大理政府辦「金庸小說學術研討會」。一九九八年十一月台灣漢學研究中心和中國時報、聯合報合辦「金庸小說國際學術研討會」。二〇〇三年金庸家鄉人士和嘉興市政府辦「浙江嘉興金庸小說國際研討會」。金庸小說的研討會已成風氣，且擴展至國際性，可見金庸小說的受廣大民眾歡迎，可讀性極高，啟迪性極甚。研討會上洋洋灑灑論文自四方八面飛來，在中國小說史上僅見，盛況空前。

上列研討會筆者大都有參與，期間認識不少作家，也讀過許多研討會上發表的論文。諸位與會者都從自己學養和觀察角度或談或評、或申引或考據金庸小說，各具姿采。不過，其中魚目珠貝相混，難免良莠之作互見。但優異出色論文實在不少，對充實當代文化資料及學術探討大有幫助。

金庸小說大醇小疵　確有漏洞

無可諱言，金庸小說絕非十全十美，雖經作者長時間修訂，要找漏洞仍斑斑有跡可尋。有人曾指出下列各點漏洞，略述如下：

1 郭靖較黃蓉年長多歲。
2 金蛇郎君筋脈被挑斷後仍能插劍深入石壁。
3 段譽盛年時七十歲。
4 倚天劍屠龍刀不能互相剋制。
5 阿珂蘇荃同時早產。
6 小龍女十六年後衣服仍是白色。
7 謝遜在王盤山要大開殺戒時，何以無人認得他。
8 王語嫣如何能知全天下武功來龍去脈、破綻和厲害之處。

金庸小說中情節不合常理，及可議之處當然不止上述數點。更見到有作家最愛指出宋代黃蓉竟說出元代〈山坡羊〉元曲之不合邏輯。或說小說過於神奇，不合正統小說要求。其實此類見地絕非認識小說者之言。小說不是歷史，不是新聞，一定有創作虛假成分。小說可假借各式各樣事態充實內容，寫小說的金科玉律乃事假情真，相信此等非議者絕不知道。

金學研究 是否有價值

在歷次研討會中，曾引起爭論的話題是「金庸小說究竟是否可以列入文學作品」。每次都有人各執己見，不分勝負，和氣收場。回歸後幾年，筆者心有不甘，徹底思考這個問題。結果找出道理支持自己的答案：金庸小說屬於文學作品，並撰十餘萬字寫成《金庸小說與文學》一書。

金庸小說乃文學作品的核心支柱其實很清楚，金庸小說的重點是寫人性，寫得徹底而深刻深入，是難得的文學作品。如果說小說中有不少神異情節，而應排除文學作品之列，則《西遊記》亦非文學作品了。

至於「金學」有沒有價值？有沒有研究價值？也是肯定的；但也要看研究者的著眼點和成績。一次研討會閒坐時中大教授吳宏一建議作家潘國森專心研究金著中的詩詞，便是一個極好的提議。老潘果然聽話埋頭研究，已見略有小成。金庸小說博大精深，又如萬花筒的變化多姿，有不少題材可藉此探索中華文化的。例如可以探索道佛文化對中國社會的影響、徒弟與師門師父的關係和相處、中國人琴棋書畫和醫卜星相在生活上的價值等等。聽說，已有不少人把金庸小說中的題材，來寫博士論文了。

戊戌初冬脫稿

（原載香港《香港信報財經月刊》二〇一九年）

附錄三

金著人物生命的追求

楊興安

金庸小說的研究價值，除了小說本身娛樂性豐富、寫作出色，充滿閱讀時的快感，使小說的成就更上層樓的，是小說中帶出令人對人生深思的課題。在金庸小說三千萬言文字中，不乏對人性、人生的探討與啟示。其中最巧妙的地方，是書中提出了問題卻沒有確切的答案，而是讓讀者自行思考，往往使讀者受到啟迪而對人生深思。

人生要有目標

「射鵰」中郭靖學有所成，駸駸然達一流高手境界，但鐵木真命他打大宋、李萍身殉曉以大義，郭靖便對人生陷入疑惑的境界。他在大漠南歸之時，春暖花開，但沿途兵革之餘，城破戶殘，屍骨滿路，引來愁思苦思。

我一生苦練武藝，練到現在，又怎樣呢？連母親和蓉兒都不能保（他誤會黃蓉之死），練了武藝又有何用？我一心要做好人，但到底能讓誰快樂了？……我勤勤懇懇的苦學苦練，到頭來只有害人。早知如此，我一點武藝不會反而更好。如不學武，那麼做什麼呢？我這個人活在世上，到底是為什麼？以後數十年中，該當怎樣？……

許多人也會像少年郭靖的迷失，尤其對自己會同樣地問：我這個人活在世上，到底是為什麼？但顯然易見，郭靖的煩惱，是失去人生的目標。金庸小說中，不同的人物都有不同的人生目標。他們的人生目標是否正確，是否值得追求，該是值得探討的地方。

為愛情而活　為失去而追尋

在所有金庸著作中，以《天龍八部》寫人性的各有追求，寫得最深刻精采。「天龍」人物中，追求愛情，為情而癡、為情而苦、為情而恨的有不少人。情癡首推段譽，見到王語嫣之後，神魂顛倒，好像一生只有愛情才值得追求，因而沒有像郭靖迷失的反思苦惱。游坦之和他如出一轍，見到阿紫後，失魂落魄，也以追求愛情是唯一大事。老一輩的風流皇弟段正淳人至中年仍視追求愛情為人生唯一目標，他追求愛情，享受愛情，而他的情人心態也和他一樣，其中或愛恨交織，或淒厲暴烈，精采萬分。甚而做了婆婆級的天山童姥和李秋水也只是追求愛情，至耄耋之年仍與情敵苦鬥不休。

對愛情的追求其實人生難免。人性之中，就是憑情愛滋潤而得美妙可戀的人生。其中愛侶之情難分界線，介乎夫妻、朋友之間，亦會疊合夫妻朋友之情，微妙之處難以言喻。金庸小說中的含苞少女、少年英俠、中年老年為愛情所癡所苦，原不是為怪。

除了對愛情的執著，人生也別有所圖，「天龍」中寫得筆墨最多的便是慕容氏的復國圖謀。但慕容氏之處心積慮，傾力復國之舉，似乎是祖先遺下來的背負多於圖享富貴的心願，老父慕容博這樣，其子慕容復亦是如此。江南慕容氏一家，連家臣鄧百川、包不同等豪傑，對人生也沒有什麼特別的追求，只是追隨慕容氏復國，一往無悔，寫出他們的道義，也寫出人生的單調。

與慕容氏對頭的蕭氏父子又如何呢？蕭遠山早年被害得家破人亡，切志復仇成了他生存唯一目標。兒子蕭峰蕭大俠最初急於追尋構陷自己的元兇，後來卻竭力於平息遼宋干戈。所求者大，以身相殉而表達對生命追求的至誠。「天龍」中尚有大理段延慶也是窮一生之力圖謀復位，鳩摩智則欲以過人之長稱霸圖雄。最沒有人生目標的，是少林僧虛竹和尚，在陰差陽錯之中，他無心插柳，卻享盡世俗富貴榮華及愛情如願之福。

小說寫盡世道人心之趨騖，但能如願遂心的，少之又少。書中無論是帝王豪傑、隱士凡夫，在對抗命運、天人角力中，往往受到命運的播弄而成為一個無助的失敗者，每每令人掩卷慨歎。

但金庸同時在小說中往往發放出對努力不懈者、勇於對命運抗爭者歌頌讚歎。許多肯奮發，敢於拼搏的人縱然最後失敗，但仍然發出人性的光輝，光采耀目，例如蕭峰便是其中一人。失敗並非可恥，最重要是人生目標正確和奮搏的無悔。這種筆調使小說的成就踏上更高的境界。

爭奪與復仇

武俠小說，總脫離不了爭雄爭霸的故事，金庸小說的主調，也不能脫離「爭奪」。大人物有大人物的爭奪，小人物有小人物的爭奪。各人的背景地位不同，各有各的追求。武林人士愛建霸業，因為霸業背後有名有利。未爭霸業之先，便爭可以助建霸業的利器。

金庸小說的故事焦點不脫爭奪，所爭奪者又可以分成四大類：一是寶藏，如《白馬嘯西風》中高昌迷宮珍寶、《碧血劍》中徐達府寶藏、《連城訣》中江陵寺內金佛寶藏等等；其次是寶劍寶刀，如《鴛鴦刀》中刻著仁者無敵的鴛鴦刀、《倚天屠龍記》中倚天劍和屠龍刀；第三類是爭奪武林秘笈，如《射雕英雄傳》中的《九陰真經》、《碧血劍》中的金蛇秘笈、《笑傲江湖》中的《辟邪劍譜》（葵花寶典）等；第四類是爭位，小如掌門之爭、五嶽合派盟主之爭，大如天下帝位之爭、慕容氏謀復國、大理段延慶謀復位，《書劍恩仇錄》中亦有帝位之爭。

從上文可見，金庸筆下人物爭奪的目標，漸次由世人皆受的財寶異物，變成絕對私慾的權位。平凡人只可以爭奪財寶。爭奪中得得失失，又惹出無數恩怨。有恩報恩，有仇報仇。

復仇是小說中重要的主題

金庸第二部小說《碧血劍》便是復仇的故事，金蛇郎君為復仇而找石樑五老的晦氣。《飛狐外傳》全篇都以互相復仇為故事主幹。「神雕」主幹又是復仇，是李莫愁復情仇，和裘千尺的丈夫公孫止復仇。「倚天」中成昆以一人失戀，殃禍天下，造成謝遜濫殺，惹來一大群人向他復仇。此外，「書劍」和《鹿鼎記》不斷說及反清復明，反清復明也是一種復仇。楊過也曾想向郭靖夫婦復仇。金庸小說中多復仇的情節，金庸對復仇的態度卻有多元化的處理。在「射雕」中，楊康明知完顏洪烈是殺父仇人，不但沒有殺之復仇，還出手援救。

楊康不肯替父復仇，固充滿心理矛盾，既感完顏洪烈之恩養，又貪榮華，寫得深具人性。不願復仇的還有《連城訣》中的狄雲，見到舊情人戚芳，為了舊愛，竟然替奪妻的仇人療傷。「神雕」中年輕的楊過孤苦伶仃，因父親死得不明不白，以為給郭靖夫婦害死了，無時無刻不想復仇，後來明白郭靖為人，再沒有為父復仇的意念了。同樣胡斐明知苗人鳳是殺父仇人，但出於英雄惺惺相惜，當苗人鳳危急之時，便慨然出手相救。

對復仇的處心積慮，要數「射雕」和「神雕」中的王妃瑛姑。她為人刻怨孤僻，人生的目標除了一心一意和意中人重聚之外，便是要殺死害她孩兒的兇手，那知後來得楊過之助，引得與周伯通相見後，人變得豁達了。周伯通叫她下手打死殺子兇手裘千仞，她卻說：

倘若不是他，我此生再也不能和你相見，何況人死不能復生，且盡今日之歡，昔年怨苦，都忘了他啦！

這些可以復仇洩恨而不願復仇的人，有因自己的性格豁達仁慈，有因為氣度與見識，不肯下手，也有因為享受到快樂而饒卻敵人。

為復仇而生活，最處心積慮、刻忍過人的莫如「神鵰」中的絕情谷中裘千尺和「笑傲」中的林平之。裘千尺和公孫止是夫妻反目，切齒為仇，刻骨怨毒之甚極為罕有。結果裘千尺大仇得報，且把丈夫先祖傳下幾代家業一把火燒光，而自己也同時同地而亡，可有絲毫復仇之快？

林平之復仇的代價更是淒厲。他原是大鏢局的少主人。卻因被人覬覦家傳武學，弄得家破人亡。父母被殺後荒野棲身，求乞渡日。後且仰人鼻息，屈辱求助。忍辱負重，不外想報深仇。後來練成一流高手，宰殺得昔日陷害他的青城派一眾如禽如畜，甚而玩弄敵人，結果自己反而弄瞎雙目，在得報大仇之後又可有絲毫快意？

親見仇人被殺身亡的感受，金庸小說中描述得最明白的是《天龍八部》中老冤家蕭遠山和慕容博：

那老僧一擊而中，慕容博全身一震，登時氣結，向後便倒……

蕭遠山見那老僧一掌擊死慕容博，本來也是訝異無比，聽此一問，不禁心中一片茫然，張口結舌，說不出話來。這三十年來，他處心積慮，便是要報這殺妻之仇、奪子之恨……那知平白無端的出來一個無名老僧，行若無事的一掌便將自己的大仇人打死了。他霎時之間，猶如身在雲端，飄飄蕩蕩，在世間更無立足之地……

突然之間，數十年來恨之切齒的大仇人，一個個死在自己面前，按理說十分快意，但內心卻實是說不出的寂寞淒涼，只覺在這世界上再沒有什麼事情可幹，活著也是白活。

上文撮引，原文多出兩倍字有餘，可見作者金庸對復仇後心態的探討是那麼嚴謹和認真。這段寫來極為感人，復仇不一定快樂，反而是憾事，看來沒有什麼大意義。「神鵰」中程英和陸無雙滿門被李莫愁所害，見到她被火燒死，心中也無喜悅之情。金庸小說中對復仇的情節都以低調消極的手法表現。無論讀者是否同意，但都反映出作者對復仇觀念有更寬大的胸懷、更高的視野。

金庸在小說中誠然懷著寬容的態度處理復仇的問題，但在字裏行間，其實有兩種元素使他有這樣的意識。且看「射鵰」中一段：

原來楊康聽黃蓉揭破自己秘密，再也忍耐不住，猛地躍起，伸手爪疾往她頭頂抓下……

這一抓一抓便落在她肩頭。楊康這一下「九陰白骨爪」用上全力，五根手指全插在軟蝟甲的刺上……

眾人心想歐陽鋒的怪蛇原來這樣厲害，又想楊康設計害死江南五怪，到頭來卻染上南希仁的毒血，當真極為不爽，身上都感到一陣寒意。

金庸小說中充滿人算不如天算的宿命論，惡人有報應的，而毋須親自施以復仇的手段。其次，施虐的惡行者，有幾多人是快樂的？有幾多人是稱心如意的？有幾多人能享受到泰然的生活？即使以正筆把他寫成由邪入正的裘千仞和謝遜，做了惡事，還不是心中常常受到自己的磨折？金庸讓人放棄「復仇」意識，當易為讀者明白了。

遁世高手盼有傳人

金庸小說，引導讀者深思什麼是真正的人生，正是小說中深遠意義之處。

一般武俠小說，寫俠客是為人人景仰，本領高明，在他們的世界是無所不能的。但金庸小說中，俠士的能力有限，愈是本領高強的人，所帶的悲愴無奈愈甚，見一燈大師、黃藥師、莫大先生，甚而郭靖、楊過、蕭峰、陳近南等英雄好漢，莫不苦憾纏身。金庸小說中豪俠的力量甚小，郭靖夫婦回天乏力，不能救宋朝，只有壯烈犧牲殉國；袁承志不能改變李嚴的運命；陳家洛只能寄望退讓出情場打動乾隆；蕭峰英雄蓋世，但身死宋遼紛爭仍不息。他們的命運遭遇，叫人唏噓之中，不禁反思人生所追所求者為何。金庸意識到個人反抗洪流的無力，顯示出更真實的世界。

金庸筆下一眾主人翁的悲劇、遺憾與失望，會不會令讀者消沉呢？金庸小說雖然有這樣消極的訊息，但讀者在默認金庸之餘，卻沒有因而志氣消磨，對人生並沒有因此而失望，因為我們沒有像小說中人的慾求。這樣的訊息反而會對生活的態度加深思考。

人生有什麼追求呢？每個人因天賦、氣質、環境的不同而有別。使自己潛能徹底發揮，是人生追求的最高境界。金庸小說寫最高境界的人物，是隱逸式人物。

高人的遺憾

論金庸小說中絕世武功的頂尖人物。有認為是王重陽；亦有人提出張三丰；少林寺隱身蒼松洞，與張無忌比拼武藝的渡厄、渡劫和渡難三僧；尚有《天龍八部》在藏經閣內可以隨手點斃蕭遠山和慕容博的掃地僧；也不能無視逍遙派傳七十年神功給虛竹的無崖子；風清揚也該榜上有名。

這一眾曠世英豪，他們都睥睨同儕，冠冕當代，但可真一生無憾，快活逍遙？他們既然選擇隱世遁世，當無悔無憾了？然而事實不然，此輩縱然淡看世情，無得失之心，其實均有相近的遺憾。

上列隱世高手，縱然不作擇徒之想，但一生驚人藝業將與草木同枯，在雙目緊閉之前，難道不會若有所失，有所遺憾而長眠地下麼？古今世上英雄俊傑，暮年之時，誰不想後繼有人，光前裕後發揚光大？且讓諸君看看武當張三丰張真人在強敵當前時，心下暗自盤算的是什麼？

張三丰長聲吟道：「人生自古誰無死，留取丹心照汗青。」……此刻他面臨生死關頭，自然而然的吟了出來……望了望俞岱巖一眼，心道：「我卻盼這套太極拳得能流傳後世……」

張三丰想的是把絕學傳世。在《碧血劍》中，金蛇郎君身成廢人，大限眉睫，也把破石樑五老陣法寫下，就是希望有朝一日得傳後人去破陣。金庸小說中涉及所有秘笈，著作者莫不抱有同樣之想，盼有傳人，否則何必大費周章？「倚天」中金花婆婆去找峨嵋派的晦氣，眾徒被她三招兩式打得七零八落，毫無還手之力，金花婆婆自言自語說出這樣的話來：

滅絕師太，你一世英雄，可算得武林中出類拔萃的人物，一旦身故，弟子之中，竟無一個像樣的人出來接掌門戶嗎？

金花婆婆喟然而歎，可見未得出色傳人，連敵人也替對方悲哀。傳人真是這樣重要嗎？在平凡的人看來，得傳其人是平凡的事；但在不凡的人物看來，卻是重中之重的大事。《天龍八部》中蘇星河已有八位出類拔萃的傳人，但為師門設想，竟處心積慮設下珍瓏棋局，引盡天下愚賢不肖等人前來以備挑選。結果至誠至正的虛竹因緣際會，佔盡天機，也不負所望。由此可見能得精英接班人意義之重大。

即使隱世高人，生命中亦有追求，便是薪傳所學給下一代。

各位朋友，小說中人對生命有不同的執著和追求，我們這些平凡的人，或座中不平凡的聽眾，又該有什麼追求呢？個人認為有八個字可以給大家參考，這說難不難，說易不易。如今把這八個字送給座中各位，我們追求的便是「安居樂業，身體健康。」

謝謝各位！

（香港沙田金庸館講座講稿）

責任編輯　張軒誦
書籍設計　陳朗思
書籍排版　陳先英

書　　名　金庸小說十談
著　　者　楊興安
出　　版　三聯書店（香港）有限公司
　　　　　香港北角英皇道四九九號北角工業大廈二十樓
香港發行　香港聯合書刊物流有限公司
　　　　　香港新界荃灣德士古道二二〇至二四八號十六樓
印　　刷　美雅印刷製本有限公司
　　　　　香港九龍觀塘榮業街六號四樓A室
版　　次　二〇二四年二月香港第一版第一次印刷
規　　格　三十二開（130mm×190mm）二三二面
國際書號　ISBN 978-962-04-5405-9

封面素材

1 作者：袁耀。廬山瀑布圖軸。典藏者：東京國立博物館。創用 CC 姓名標示 4.0 國際（CC BY 4.0 International）。發佈於《開放博物館》[https://openmuseum.tw/muse/digi_object/a6bb151cfe7e5fc40baa19c6fca4acd2#115698]（2024/02/01 瀏覽）。

2 飛鳥山圖。典藏者：東京國立博物館。創用 CC 姓名標示 3.0 台灣（CC BY 3.0 TW）。發佈於《開放博物館》[https://openmuseum.tw/muse/digi_object/5b994cebacddf4bf48d77cd05143cb86#107775]（2024/02/01 瀏覽）。